LOUIS ET ÉLISABETH

3° SÉRIE IN-12.

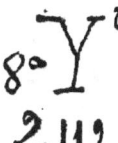

LOUIS
ET ÉLISABETH

OU

LES SOIRÉES D'AUTOMNE

PAR MADAME BARBÉ.

LIMOGES

EUGÈNE ARDANT ET Cⁱᵉ, ÉDITEURS.

LES
SOIRÉES D'AUTOMNE.

—◦◦◦◦◦◦—

QUAND, à Noël, avaient fini ce que Louis et Elisabeth appelaient les *soirées d'automne*, leurs soirées les plus précieuses, — car, de la Toussaint à Noël, leur père, qu'entraînaient souvent en province ses nombreuses et importantes affaires, restait à la maison ; — M. Nerval avait promis aux enfants de magnifiques récits pour l'année suivante ; aussi Louis et Elisabeth voyaient-ils avec joie les derniers beaux jours et attendaient-ils les veillées avec impatience. A ces veillées, madame Nerval et Elisabeth travaillaient à l'aiguille, Louis dessinait, M. Nerval racontait, et le bon père racontait si bien, et tout ce qu'il racontait était si intéressant et si beau ! Les années précédentes, il avait passé en revue toute l'histoire de la Révolution, tout l'Empire. Que pouvait-il dire, désormais, qui intéressât autant ? Pourtant il s'est servi de cette expression : *récits magnifiques* assurait

Louis; et le frère et la sœur l'avaient remarqué en toutes circonstances, le bon père donnait toujours bien au-delà de ce qu'il promettait.

Enfin la Toussaint arriva, puis la fête des Morts; deux tristes jours, lugubres veillées pendant lesquelles on ne songe ni à conter ni à se réjouir, mais à prier. Ces deux soirs, avant le rosaire, qu'on récitait en famille chaque année à cette époque, ce fut madame Nerval qui parla, et avec quelle grâce, avec quelle onction! Elle peignit si bien les souffrances des pauvres âmes dans le purgatoire, que les chers et pieux enfants versèrent des larmes durant toute la prière. Mais avec quelle ardeur ils la firent, cette prière, car ils savaient tout le pouvoir de Marie sur le cœur de Dieu, et ils comprenaient les grands devoirs de la charité et de la reconnaissance!

Le lendemain, tristes encore, ils avaient presque oublié les veillées, qui devaient commencer le soir même, quand madame Nerval les leur rappela.

— C'est donc aujourd'hui que nous saurons, enfin! s'écria Elisabeth en battant des mains et en sautant de joie.

— Aujourd'hui que papa racontera! dit à son tour le jeune Louis. Oh! je prépare mes oreilles.

— Et préparons aussi nos cœurs, frère, interrompit Elisabeth; dans tout ce que papa dit, il y a toujours quelque chose pour le cœur.

— Attendre encore jusqu'à ce soir!

— Frère, il y a bien dix mois que nous attendons. Mais veux-tu savoir un bon moyen pour que le temps nous semble passer bien vite?

— Dis donc, petite sœur.

— C'est de bien travailler, ne pas perdre un instant.

— Tu as raison, petite sœur ; on ne s'ennuie jamais quand on ne laisse point son esprit en repos ; j'apprendrai aujourd'hui mes leçons de grec pour toute cette semaine.

Les deux enfants s'enfermèrent dans leur cabinet d'étude et travaillèrent avec ardeur durant tout le jour. Le jour passa comme un songe.

— Enfin, papa, enfin, dites-nous ce que vous nous raconterez cette année ! s'écrièrent-ils quand M. Nerval vint s'asseoir à la table de la veillée, où ils l'attendaient déjà.

— Eh bien ! mes enfants, je veux vous dire l'histoire de cette chère sainte Elisabeth dont tu portes le nom glorieux, ma fille ; de ce grand saint Louis, qui est ton protecteur et ton père au ciel, mon cher fils.

— Ah ! papa, quelle bonne pensée ! dirent à la fois Louis et Elisabeth.

— Et je maintiens ma promesse de *magnifiques récits*, reprit le père, d'intéressants et attrayants récits.

— Tout ce qui touche à Dieu et à ses amis est toujours magnifique, papa, fit observer Elisabeth.

— Moi, dit Louis, je veux profiter de ce que vous direz, mon père, et je forme dès actuellement la résolution bien sincère de marcher sur les traces de mon saint patron.

— Je n'en doute point, mon cher Louis ; comme aussi j'espère que ta petite sœur deviendra une autre Elisabeth, une autre chère bonne sainte.

Louis et Elisabeth étaient ravis.

— Mais commencerez-vous par saint Louis ou

par sainte Elisabeth, mon papa? demanda le jeune garçon.

— Nous suivrons l'ordre chronologique, mon cher enfant, répondit M. Nerval.

— Oh! je ne saurais dire qui a vécu le premier, de saint Louis ou de sainte Elisabeth, dit Louis.

— Saint Louis n'avait-t-il pas été roi de France? demanda Elisabeth.

— Oui, mon enfant; neuvième de son nom.

— Louis IX! interrompit le frère. Eh bien! Louis IX est monté sur le trône en 1226.

— Et quel âge avait-il alors?

— Une douzaine d'années.

— Donc, il était né?

— Vers 1215.

— Et sainte Elisabeth, à quelle époque, dans quel siècle a-t-elle vécu?

— Elle est née en 1207 et elle est morte en 1231.

— Ah! mon papa, mon papa! soupirèrent à la fois les deux enfants, pas vingt-cinq ans sur la terre!

— Non, mes enfants, mais « ayant peu vécu, elle a rempli pourtant la course d'une longue vie. »

— C'est-à-dire que sa vie a été toute pleine de vertus et de bonnes œuvres, ajouta madame Nerval, en voyant que son mari se taisait, absorbé dans ses réflexions.

— Etait-elle reine ou princesse? demanda Elisabeth.

— Fille d'un roi de Hongrie et duchesse de Thuringe.

— Mon papa, notre Seigneur dit dans son saint Evangile qu'il est plus difficile à un riche et à un puissant du siècle d'entrer dans le ciel qu'à un chameau de passer par le trou d'une aiguille ; et, pourtant voici, dans le même temps, deux âmes qui se sont sanctifiées sur le trône.

— Le Seigneur n'exclut ni le riche ni le puissant de son royaume, ma fille, mais il demande au riche la charité et au puissant l'humilité. Que le puissant et le riche soient les frères du faible et du pauvre, et Dieu sera leur père. Mais, hélas ! l'aumône coûte quelquefois à qui a des trésors, et l'orgueil règne souvent en maître dans le cœur du grand du monde. Pour saint Louis et sainte Elisabeth, ils savaient la charité, ils pratiquaient l'humilité, et ces deux grandes vertus les firent bénir de Dieu et des hommes.

— Dieu nous ordonne à tous la charité et l'humilité, ajouta le bon père après une légère pause.

— Mais, mon papa, celui qui n'est point riche ?

— Jetons les yeux autour de nous, mes enfants, et, quelque pauvres que nous soyons, nous en verrons encore de plus pauvres que nous ; nous devons venir en aide à ces plus pauvres dans la mesure de nos moyens et de nos forces. « Mon fils, disait Tobie à son fils, fais aumône de ton bien et donne selon ce que tu possèdes. Si tu as beaucoup, donne beaucoup ; si tu as peu, donne peu. L'aumône est un grand trésor que tu amasses pour le jour suprême. »

— Mais enfin, papa, les plus pauvres ne sont pas soumis à ce commandement de la charité ?

— Pourquoi non, ma bien-aimée Elisabeth ? S'ils endurent de grandes privations, ne leur ravissons pas la suprême consolation en ce monde, le bonheur de pratiquer la charité.

— Mon papa, s'ils n'ont rien, absolument rien, s'ils

meurent de faim eux-mêmes?... Ainsi la bonne Geneviève...

— S'ils n'ont rien, ma fille, s'ils meurent de faim
eux-mêmes, ils peuvent cependant faire l'aumône encore.

— Oh ! mon papa...

— L'aumône n'est pas seulement l'offrande d'une
somme d'argent ou d'une pièce de monnaie. S'il y a
l'aumône de la bourse, il y a aussi l'aumône du cœur,
et celle-ci est une vertu plus excellente encore. Cette
bonne Geneviève, que tu as nommée, mon Elisabeth,
de ton aveu et au su de tous, la plus pauvre habitante
du hameau, pratique admirablement la charité. Ne la
trouve-t-on point sans cesse au lit des malades, au
chevet des mourants? Je la voyais l'autre jour guidant
dans un sentier pierreux Thomas l'aveugle, qui lui
demandait en vain son nom. Je l'ai surprise vingt fois
veillant sur les orphelins de Madeleine et leur distribuant furtivement le pain qu'on lui avait donné pour
sa propre subsistance. Je ne crains pas de le dire,
mes enfants, Geneviève est plus charitable que maintes et maintes personnes qui sèment l'or sous leurs
pas.

— Ainsi, mon papa, nous aussi, nous pouvons et
nous devons être charitables, dit Elisabeth.

— Oui, ma fille, et rien n'est plus facile, rien n'est
plus consolant.

— Bien vrai, mon papa, je ne vois pas dans quelle
occasion je pourrais être charitable : maman ne me
permettrait point d'aller toute seule auprès des malades, d'assister les mourants, de partager mes vêtements
avec les pauvres.

— Et d'abord, ma chère enfant, tu serais parfaitetement inutile, à ton âge, auprès des malades et des mourants. Quant à partager tes vêtements avec les enfants pauvres, cela non plus n'est point permis : ce que tu portes appartient à tes parents, tu ne peux donc point disposer d'un bien qui n'est point à toi. De longtemps tu ne trouveras peut-être point l'occasion d'exercer la tendre charité qui est dans ton cœur; mais sois fidèle aux plus petites choses, et tu te rendras capable des actes les plus héroïques.

— Mon papa, dites-moi ces petites occasions, ces petites choses dans lesquelles je dois me montrer et être véritablement charitable.

— Suis l'élan de ton bon cœur, et tu ne failliras pas; sois ce que tu as été jusqu'à ce jour, mon aimée Élisabeth.

— Mon papa, je n'ai point pratiqué la charité...

— Tu te trompes, mon enfant. Ainsi, le jour où tu as remis Thomas, l'aveugle, dans son chemin, en pressant sa main calleuse dans tes petites mains, c'était charité; le jour où tu as embrassé la pauvre petite fille qui pleurait à la porte du cimetière, c'était charité; le jour où tu as doucement engagé Petit-Pierre, le fils du meunier, à aller à l'école, lui représentant tout le chagrin qu'il faisait à ses parents, c'était charité; le jour où tu as aidé Jeannette à porter son paquet au haut de la côte, c'était charité; le jour où tu as expliqué le catéchisme à la pauvre chère Françoise, c'était charité; le jour où tu as fait taire Joseph, qui racontait une méchante action de son ami Nicolas, c'était charité; le jour où tu as ôté la grosse pierre du chemin, craignant qu'elle ne fît tomber ceux qui passaient par là, c'était charité encore.

— Est-ce donc si facile? s'écrièrent les deux enfants. Oh! désormais, nous nous appliquerons à être charitables en toutes choses.

— Que vos lèvres, surtout, le soient, mes amis, afin qu'elles ne s'ouvrent jamais pour divulguer les défauts que vous pensez surprendre dans autrui ; que vos cœurs le soient pour juger toujours avec indulgence et ne point croire légèrement le mal, vous souvenant de cette parole sainte : Tel voit le brin de paille qui vacille dans l'œil du voisin, qui ne sent point la poutre énorme qui est dans le sien propre. Et à cette vertu si belle, et excellente de la charité, joignons l'humilité, mes bien-aimés enfants : la charité et l'humilité ont fait les saints.

— Je suis sûre que ma bonne sainte était d'une humilité admirable, dit la petite fille.

— Sans doute, dit Louis, puisque sans cette belle vertu, les saints ne seraient pas devenus saints.

— Notre veillée a été un peu sérieuse, mes enfants, dit M. Nerval après un long silence, mais j'espère que vous en retirerez quelque fruit. Il est un peu tard ; à demain l'histoire de sainte Elisabeth de Hongrie, *la bonne chère sainte*, comme le peuple nomme encore aujourd'hui la pieuse duchesse de Thuringe.

PREMIÈRE PARTIE

ÉLISABETH.

M. Nerval. En 1207, régnait en Hongrie un prince aussi agréable à Dieu qu'aux hommes, disent les historiens; c'était André II. La reine, Gertrude de Néramie, marchait sur les traces de son auguste époux. Tous deux aimaient les pauvres, les consolaient et les soulageaient. Le ciel bénit ce digne couple en accordant à ses prières un enfant dont la naissance sembla comme un signal de paix et de joie; la Hongrie, troublée depuis longtemps par la guerre, fut pacifiée soudain.

La petite fille fut nommée au baptême Elisabeth, c'est-à-dire *pleine, rassasiée de Dieu*, et dès que sa langue se délia elle parut justifier ce nom si beau; les premiers mots qu'elle bégaya furent des prières. A quatre ans, elle se montrait déjà fille respectueuse et dévouée, pleine de compassion et d'amour pour les malheureux, qu'elle soulageait par des dons abondants, et bientôt le bruit se répandit que le Seigneur se plaisait à encourager et récompenser l'ardente piété de l'enfant royale par des miracles; on raconte qu'un aveugle avait été rendu à la lumière par le seul attouchement des mains de la petite princesse.

Cette nouvelle parvint en Thuringe, où régnait l'illustre Hermann, le plus grand prince de l'Allemagne. Depuis longtemps, Hermann savait que toute la Hongrie se réjouissait de la petite Elisabeth, et il ne formait qu'un vœu, unir l'enfant de bénédiction à son fils. Craignant, en apprenant le miracle, que d'autres princes n'enviassent le trésor du bon André, il se hâta d'envoyer une ambassade à Presbourg, avec mission de demander la main d'Elisabeth pour l'héritier de la Thuringe.

ELISABETH. Oh! je gage qu'André et Gertrude voulurent garder leur enfant; n'est-ce pas, mon père, ils refusèrent?

M. NERVAL. Loin de refuser, ils acceptèrent avec empressement et reconnaissance l'offre du pieux Hermann.

ELISABETH. Mon papa, ils avaient joui si peu de temps de leur trésor!...

M. NERVAL. Sache, ma fille, que de bons parents sont toujours prêts à tout sacrifier, leur bonheur même, pour le bonheur de leurs enfants.

ELISABETH. Savaient-ils si ce mariage avec l'héritier de Thuringe serait le bonheur pour la petite Elisabeth?

M. NERVAL. S'ils ne pouvaient prévoir l'avenir, puisque l'avenir est le secret de Dieu, ils avaient du moins l'espérance : Hermann était pieux est bon, et le jeune duc Louis réunissait toutes les qualités qu'on pouvait attendre d'un enfant de onze ans.

LOUIS. Ah ! mon papa, le fiancé de sainte Elisabeth se nommait Louis ?

M. NERVAL. Louis le pieux et le saint. Imagine, s'il est possible, mon fils, de plus beaux titres de gloire !

ELISABETH. Ainsi, la petite Elisabeth devint l'épouse de Louis le saint ?

M. NERVAL. Elle fut immédiatement accordée aux députés thuringiens. Le roi de Hongrie la remit dans son berceau entre les mains du sire de Varila, chef de l'ambassade, avec ces paroles solennelles :

— Je confie à ton honneur de chevalier ma consolation suprême.

— Je la tiendrai volontiers en ma garde et lui serai fidèle à toujours, répondit le noble seigneur.

ELISABETH. J'espère que Varila se souvint de sa promesse ?

M. NERVAL. Jamais serment ne fut plus religieusement gardé... La petite princesse fut reçue en Thuringe avec la joie la plus vive, et les fiançailles avec le jeune landgrave furent immédiatement célébrées. Dès lors, les deux enfants ne se quittèrent plus : frère et sœur, en attendant qu'un lien plus sacré les unit à jamais, ils partagèrent le même toit, la même éducation, les mêmes jeux.

ELISABETH. Sainte Elisabeth jouait donc, mon papa ?

M. NERVAL. Et pourquoi non, ma fille chérie ?

ELISABETH. Une sainte !...

M. NERVAL. Crois-tu donc que la religion commande la tristesse ? Remarque, au contraire, ma fille, que presque toutes les personnes vraiment pieuses sont d'une aimable gaieté. Et je ne t'en citerai qu'un exemple, bien frappant et bien consolant pour ton petit cœur : ta bien chère maman.

Louis. Et tante Juliette, et cousine Sophie, et madame de Laval, et M. Duhamel.

Elisabeth. Oh ! c'est vrai... Et mademoiselle Victoire, encore, qui a les cheveux blancs comme neige et qui est tout comme une jeune fille.

·Louis. Pourquoi donc, mon papa, les personnes pieuses sont-elles toutes si gaies ?

M. Nerval. La véritable gaieté a sa source dans le contentement et la joie du cœur ; or, la piété, mon fils, apporte tant de contentement et de joie à notre cœur !

Louis. Un homme pieux a cependant souvent autant d'afflictions que celui qui ne pratique pas la religion.

M. Nerval. Sans doute, mais ces afflictions lui sont plus légères parce que le bon Dieu lui-même l'aide à les supporter.

Louis. Mon papa, puisqu'il en est ainsi, c'est un grand avantage de servir Dieu ?

M. Nerval. En as-tu jamais douté, mon fils ? Ne t'a-t-on pas dit mille et mille fois que le bonheur est le devoir, et que la pratique de la religion est le premier et le plus important devoir ?

Elisabeth de Hongrie jouait donc, mais elle ne perdait pas un seul instant le souvenir de la présence de Dieu et elle cherchait de saintes ruses pour prier même au milieu de ses jeux. Ainsi, elle proposait souvent à ses compagnes de se coucher par terre pour voir laquelle était la plus grande ou avait le plus

grandi, et c'était pour s'humilier devant le Sauveur
des hommes, pour réciter dans cette humble posture
quelque fervente oraison. — Sautons sur un pied, leur
disait-elle quelquefois; et elle se dirigeait vers la chapelle, dont elle baisait les murs et le seuil en priant,
si elle en trouvait la porte fermée.

ELISABETH. Quelles étaient les compagnes d'Elisabeth
de Hongrie?

M. NERVAL. Sa future belle-sœur, Agnès de Thuringe, et six autres demoiselles des plus nobles famil-
les.

Chaque jour la petite Elisabeth allait prier dans la
chapelle. On raconte qu'elle se couchait au pied de
l'autel devant un grand Psautier qu'elle ouvrait naï-
vement, bien qu'elle ne sût pas encore ses lettres,
et qu'elle feignait d'y lire afin qu'on ne la troublât
point.

Mais la tendre piété de l'aimable princesse ne con-
sistait pas seulement dans la prière : elle s'essayait,
toute petite, dans la pratique de la mortification ;
ainsi elle faisait à Dieu le sacrifice de petites friandi-
ses, de petits divertissements. Elle s'appliquait aussi
à la plus scrupuleuse obéissance, à la plus parfaite
humilité, à la plus ardente charité. Déjà elle aimait
les pauvres, pour Dieu, de toute la force de son âme,
et les soulageait de son mieux, leur donnant tout l'argent que ses parents adoptifs laissaient à sa disposi-
tion, leur rendant mille petits services, les comblant
de caresses enfantines, leur distribuant avec une joie
indicible les morceaux et les restes qu'elle pouvait ra-
masser dans les cuisines du château.

Il faut dire qu'un grand événement avait fait com-
prendre à la petite Elisabeth qu'une seule chose est

nécessaire en ce monde : le salut de notre âme, et que tout le reste n'est que vanité. La bonne Gertrude était morte assassinée!

ÉLISABETH. La bonne Gertrude de Néramie, femme du roi de Hongrie?

M. NERVAL. Oui, ma fille.

LOUIS. Comment cela était-il arrivé?

M. NERVAL. Des conspirateurs exaspérés contre le bon André avaient pénétré jusque dans les appartements du roi, où Gertrude se trouvait alors. Pour laisser à son époux le temps de fuir, cette femme dévouée s'était livrée aux insensés, qui l'avaient odieusement massacrée.

ÉLISABETH. Cela fait frémir!...

LOUIS. Et le roi André?

M. NERVAL. Le roi André avait été sauvé, grâce au dévouement de sa noble épouse.

ÉLISABETH. Quel âge avait alors la petite Elisabeth?

M. NERVAL. Pas six ans, et pourtant elle comprit dès lors toute la fragilité, toute la vanité, tout le néant des grandeurs humaines. Une autre grande peine vint, trois ans après, briser ce pauvre petit cœur : le duc Hermann mourut.

LOUIS. Voici donc le jeune Louis devenu duc de Thuringe?

ÉLISABETH. Oh! mon papa, que d'afflictions pour la chère petite sainte!... Puisqu'elle était si vertueuse et si bonne, comment se faisait-il que le bon Dieu lui envoyât tant de chagrins?

M. NERVAL. Dieu afflige ceux qu'il aime, mon enfant; et cette parole, qui te semble bien dure, fait la consolation et la joie des véritables chrétiens.

ÉLISABETH. Je vous avoue, mon papa, que je ne comprends pas du tout.

M. NERVAL. Quelque justes, bons et saints que nous soyions, il nous échappe, hélas! bien des faiblesses. Toute faute encourt nécessairement une punition : si le bon Dieu nous fait expier nos faiblesses en ce monde, il nous donnera dans l'autre son saint paradis. Tu vois donc, mon enfant, que l'épreuve ici-bas est une marque d'amour.

ÉLISABETH. Ceux qui n'auront pas réparé dans cette vie par la souffrance, endureront dans l'autre les peines du purgatoire?

M. NERVAL. C'est ce que la foi et la raison nous enseignent.

ÉLISABETH. Je comprends actuellement qu'il vaut bien mieux souffrir en cette vie que dans l'autre.

M. NERVAL. Le bon Hermann mourut donc. Hermann, vraiment chrétien, mettait sa joie et son bonheur dans la douce piété de la fiancée de son fils, et autorisait tous ses exercices de dévotion. La duchesse Sophie respectait la volonté de son époux et renfermait dans son cœur ses propres sentiments. Mais, dès que le landgrave eut fermé les yeux, elle commença ses plaintes et ses reproches. Elisabeth, prétendait-elle, se montrait indigne du trône par la fréquence et la longueur de ses oraisons, par la simplicité de ses vêtements et par son amour excessif pour les pauvres; elle serait mieux dans un cloître, disait-elle. Agnès, future belle-sœur de la pauvre enfant, princesse d'une grande beauté, mais d'une vanité plus grande encore, ménageait moins ses expressions : — Si vous vous figurez que messire mon frère vous épousera, disait-elle à notre sainte, vous vous trompez fort, ou bien

il faudra que vous deveniez toute autre que vous êtes.
Quant à présent, vous êtes bonne tout au plus à faire
une servante. Inutile de dire que les nobles demoiselles élevées à la cour joignaient leur voix à celle d'A-
gnès, et que tous les grands partagèrent bientôt l'avis
de la duchesse Sophie.

Louis. Et le prince Louis, que disait-il?

M. Nerval. Le prince Louis, fidèle imitateur des
vertus de son noble père, venait secrètement sécher
les larmes de sa fiancée et l'encourager à la patience.
— Ne pleure pas, ma bonne petite sœur, lui disait-il;
ne pleure pas, puisque je t'aime et n'aimerai jamais
que toi au monde.

Elisabeth. Oh! le bon petit prince!

M. Nerval. Quand la pauvre Elisabeth était bien affligée, elle songeait à la Hongrie, elle pensait à son
père, à qui elle aurait été si heureuse de se consacrer;
mais le souvenir du prince Louis, qu'elle aimait et
vénérait comme l'époux que le Seigneur lui-même lui
avait destiné, la retenait en Thuringe et ranimait son
courage. Elle reprenait alors ses exercices de piété
sans plus se soucier des moqueries qu'elle entendait
autour d'elle, et se livrait au travail des mains, pré-
férant la société des filles des pauvres femmes qu'elle
secourait, à celle des nobles demoiselles qui passaient leurs jours dans l'oisiveté ou de vains amuse-
ments.

Elisabeth. Elle continuait sans doute aussi à aimer
la simplicité des ajustements?

M. Nerval. Par obéissance à la duchesse Sophie,
elle paraissait quelquefois aux fêtes de la cour couverte d'ornements, mais elle les quittait aussitôt que
possible. On raconte qu'un jour d'Assomption, la du-

chesse ordonna à Elisabeth et à Agnès de revêtir leur
plus beaux habits et de ceindre leurs couronnes d'or
pour l'accompagner à Eisenach, où elle se proposait
d'entendre la messe. Les jeunes filles obéirent, Agnès
avec joie, Elisabeth en offrant à Dieu son chagrin secret. En entrant dans l'église, les trois personnes allèrent s'agenouiller sur un prie-Dieu qu'on leur avait
préparé devant un grand crucifix. Notre chère sainte
porta aussitôt un regard d'amour sur son divin Sauveur; mais il lui sembla alors, devant ce chef adora-
ble couronné d'épines, que la couronne d'or qu'elle
portait lui était d'un poids insupportable. Je suis
couronnée de pierreries et la tête de mon Jésus
est toute sanglante, murmura-t-elle; et, sanglotant
tout bas, elle déposa sa couronne et se prosterna contre terre.

— Que faites-vous donc, mademoiselle Elisabeth?
s'écria la duchesse indignée. Est-ce que votre couronne
est trop lourde? A quoi sert donc de vous plier ainsi
en deux comme une paysanne?

— Chère dame, ne m'en veuillez pas, répondit doucement Elisabeth. Comment moi, vile créature, rester
couronnée de perles et d'or devant mon Sauveur, dont
la tête est ceinte d'épines aiguës! En vérité, ma couronne serait une dérision de la sienne...

Et n'en pouvant plus, la chère enfant reprit sa prière
en pleurant si amèrement qu'un pan de son manteau,
qu'elle avait mis devant ses yeux, fut tout trempé de
ses larmes. Le peuple admira cette fois franchement
l'ardente piété de la jeune fille; ce que voyant Sophie
et Agnès, elles se couvrirent aussi le visage et feigni-
rent de pleurer.

Louis. La duchesse devait faire tous les efforts possibles pour détourner le jeune duc Louis du projet d'épouser Elisabeth?

M. NERVAL. Elle n'y manqua pas; mais ce fut en vain. Louis rappela respectueusement, humblement à sa mère que le bon duc Hermann avait désiré qu'Elisabeth régnât sur la Thuringe, et il déclara son intention formelle d'obéir au vœu paternel. Le jeune prince eût cru tout perdre s'il eût perdu celle qu'il nommait déjà *son Elisabeth*. Les douces vertus de la pieuse enfant lui promettaient pour lui une sainte et aimable compagne, et pour ses peuples une mère toute dévouée.

ELISABETH. Mon papa, nous avons laissé la princesse Elisabeth bien malheureuse; dites-nous vite ce qu'il en arriva.

M. NERVAL. La chère petite sainte souffrit avec patience pendant quatre ans, et Dieu permit enfin le triomphe de sa douce vertu : le jeune landgrave l'épousa solennellement dans l'église de Saint-Georges d'Eisenach, en présence de toute la noblesse de Thuringe et au milieu d'un grand concours de peuple.

LOUIS. Les grands regardaient-ils encore de mauvais œil l'aimable piété de la bonne Elisabeth?

M. NERVAL. Les grands n'avaient murmuré contre la pauvre enfant que pour mieux faire leur cour à la duchesse Sophie.

ELISABETH. Quel âge avait la princesse au moment de son mariage?

M. NERVAL. Quatorze ans encore non accomplis.

ELISABETH. Mon papa, ne nous direz-vous rien de son extérieur?

M. NERVAL. Elisabeth de Hongrie était, dit l'un de ses historiens, le père Archange, de la plus belle et de la plus riche taille du monde ; et l'on voyait quelque chose de si noble, de si grand et de si majestueux en elle, qu'il était impossible de la regarder sans l'admirer.

Louis. Je pense que l'on dut faire des fêtes magnifiques en Thuringe à l'occasion de ce mariage?

M. Nerval. Des fêtes qui durèrent je ne sais plus combien de temps, et qui se terminèrent par un tournoi de neuf jours, dans lequel le landgrave fut presque constamment vainqueur.

Elisabeth. Je respire enfin ! Actuellement, ma petite sainte sera heureuse avec son beau royaume, son bon mari, car le prince Louis était bon, n'est-ce pas, papa?

M. Nerval. On peut dire de Louis de Thuringe comme d'André de Hongrie, comme du duc Hermann, qu'il était aussi agréable à Dieu qu'à ses peuples. Instruit par un bon père de ses devoirs de chrétien et de prince, il avait choisi dès son enfance cette sainte devise : *Piété, chasteté, justice,* et il l'observa toujours.

Louis. S'il était pieux lui-même, il devait chérir la piété de la bonne Elisabeth?

M. Nerval. Louis de Thuringe était pieux comme un ange. Chaque jour il assistait aux saints mystères, et le but ordinaire de ses courses ou de ses promenades, en temps de paix, était toujours quelque sainte abbaye. Sa première visite, en y arrivant, était pour l'hospice des pauvres et des pèlerins, partie essentielle de chaque monastère ; là il cherchait à consoler les malades et les infirmes par ses douces paroles; il priait avec eux et ne se retirait point sans leur laisser quelque riche présent.

ÉLISABETH. Quelle joie pour mon Élisabeth de voir son mari si bon et si saint!

M. NERVAL. L'une des plus aimables qualités de ce bon prince, c'était sa tendre indulgence pour ceux qui lui manquaient. — Mes enfants, ne le faites plus, leur disait-il; vous affligez mon cœur.

ÉLISABETH. Avec un aussi bon mari, Elisabeth dut pouvoir continuer ses exercices de dévotion !

M. NERVAL. Il les approuvait tous, mais il veillait à ce que l'ardente piété de la princesse ne l'entraînât pas trop loin. Ainsi, la duchesse se levait chaque nuit pour prier; quand le duc s'éveillait, il lui tendait la main et la forçait à se remettre au lit en lui disant doucement : — Chère sœur, viens prendre du repos... Chère petite sœur, tu es trop faible pour te livrer à de telles fatigues... On raconte qu'une fois, Yseutrude, la confidente de la pieuse fille d'André, qui venait chaque nuit éveiller sa jeune maîtresse, toucha involontairement le pied du landgrave, croyant tirer celui d'Elisabeth.

LOUIS. Oh! qu'il dut gronder!

ÉLISABETH. Non, puisqu'il ne grondait jamais.

M. NERVAL. Il se leva avec Elisabeth et pria avec elle.

ÉLISABETH. La bonne sainte n'était sans doute plus obligée de se revêtir de superbes atours, comme au temps de la duchesse Sophie?

M. NERVAL. Quand son mari n'était pas à la cour, elle se couvrait de voiles de deuil. En tout autre temps, la magnificence des habits était un devoir pour elle; il lui fallait faire honneur à son époux et à son peuple. Dans les premiers mois de son mariage, elle se parait assez volontiers, sans que la vanité entrât néanmoins pour la moindre chose dans ses intentions. Un jour de grande fête, qu'elle était descendue de la Wartbourg à Eisenach avec son mari et toute la cour pour assister à une messe solennelle...

Louis. Pardon de vous interrompre, mon cher papa; mais qu'était-ce que la Wartbourg?

M. Nerval. Le château des ducs de Thuringe. La Wartbourg était construit sur la hauteur de la ville d'Eisenach.

Ce jour donc, en entrant dans le saint lieu, elle posa comme de coutume ses premiers regards sur le crucifix; mais la vue du Sauveur tout défiguré sur l'arbre de la croix lui fit, comme autrefois dans son enfance, une indicible impression. Elle se dit encore : — Mon Jésus est couronné d'épines, et moi, vile créature, j'ose me présenter devant lui parée de vains ornements et le front ceint d'un riche diadème!... Toute pénétrée de compassion, d'humilité et d'amour, elle s'évanouit. A compter de ce jour, elle ne parut plus dans le sanctuaire que vêtue d'habits de forme simple et de couleur sombre; elle renonça aux étoffes teintes, aux voiles éclatants, aux bandeaux dans les cheveux, et ne porta plus ses brillants costumes de souveraine que dans les grandes cérémonies.

Élisabeth. Mon papa, prenait-elle part aux divertissements de la cour?

M. Nerval. Saint François de Sales dit oui, « sans préjudice pour sa dévotion, laquelle était bien enracinée dedans son âme, » ajoute le bon évêque. Ses historiens nous rapportent qu'elle était plus gaie en-

2

core les jours qu'elle avait pratiqué de grandes mortifications.

ÉLISABETH. Quelles mortifications, mon papa?

M. NERVAL. Le jeûne, la discipline, le cilice...

ÉLISABETH. Oh! mon papa, quelle grande âme!... Sainte Elisabeth, priez pour moi, priez pour nous!

M. NERVAL. On raconte que le jeudi et le vendredi saint elle s'habillait comme les femmes du peuple, visitait les églises, lavait les pieds à douze pauvres et quelquefois à douze lépreux, et répandait d'abondantes aumônes sans se faire connaître.

ÉLISABETH. Les pauvres avaient dû voir avec bien de la joie l'élévation de la jeune fille qui les avait aimés avec tant d'amour, au rang de souveraine?

M. NERVAL. Au jour du mariage de la pieuse enfant, c'était un chant d'actions de grâces dans toute la Thuringe.

ÉLISABETH. Et je suis sûre que la duchesse continua les bonnes œuvres de charité de la chère petite Elisabeth.

M. NERVAL. Le duc Louis, pénétré aussi d'une tendre sollicitude pour le pauvre peuple, reconnut avec une joie indicible que la charité était la plus grande vertu de son Elisabeth, et il lui laissa la liberté la plus entière pour ce qui touchait le bien du prochain. La fille du bon André, devenue duchesse de Thuringe, put donc s'abandonner sans réserve à son ardent amour pour les membres souffrants de Jésus-Christ. Sa bienfaisance, sa charité sans bornes lui méritèrent bientôt le titre si doux et si glorieux de *patronne des pauvres*. Elle se plaisait à porter ses aumônes elle-même. Souvent elle quittait le château dès le grand matin, chargée de provisions de toute espèce. Ne

mettant que le Père céleste dans son secret, elle sui-
vait les chemins les plus écartés, afin de n'être point
vue.

Un jour qu'elle descendait à la dérobée un petit sentier qui se nomme encore aujourd'hui du nom très
expressif de *Kniebrechen* (*casse-genoux*), et qu'elle
portait, dans les pans de son manteau, de la viande,
des œufs et des légumes, elle rencontra son mari qui,
revenant de la chasse, remontait à la Wartbourg.

— Que portez-vous donc là ? lui dit-il, étonné de
la trouver ployant sous le poids d'un énorme far-
deau.

Elisabeth, sans répondre, pressa son manteau sur
sa poitrine. Mais Louis, l'écartant de force, jeta un
cri d'admiration en en voyant tomber des roses blanches et rouges, les plus belles qu'il eût vues de sa vie.
Son étonnement fut d'autant plus grand que l'on n'é-
tait pas dans la saison des fleurs. Comprenant aussitôt
qu'il venait d'être témoin d'un éclatant miracle, il
chercha à rassurer son Elisabeth, dont le trouble était
extrême ; mais, apercevant l'image du Sauveur briller
au-dessus de la tête de sa compagne chérie, il retourna à la Wartbourg, tandis qu'elle, les pas trem-
blants et le cœur au ciel, continuait son chemin vers
le village.

Peu après, le duc fit élever au lieu où il avait ren-
contré Elisabeth une jolie colonne qui portait un crucifix tout semblable à la glorieuse vision de ce mémo-
rable jour.

ÉLISABETH. Oh ! mon papa, quel délicieux récit !
Comme le bon Dieu est bon !

LOUIS. Ce n'est pas pour rien qu'on le nomme le
bon Dieu.

ÉLISABETH. Mais, mon papa, pourquoi avait-il fait naître des roses dans les mains de ma bonne chère sainte?

M. NERVAL. Pour montrer combien la charité lui est agréable; nos bonnes actions ont, comme les fleurs, un parfum délicieux.

ÉLISABETH. Mon papa, ne savez-vous point d'autres miracles opérés par les mains de la sainte duchesse de Thuringe?

M. NERVAL. Dis, ma fille, opérés par Dieu : Dieu seul est puissant.

Tous les miracles accordés aux prières de la bonne chère sainte Elisabeth ont été des récompenses de sa charité : vous allez en juger.

Elisabeth de Hongrie ne se contentait point de faire aumône de sa bourse, nous l'avons dit; elle pratiquait d'une manière touchante et admirable la charité du cœur; ainsi, pas une chaumière des environs du palais qui n'eût vu sous son humble toit la glorieuse souveraine; elle donnait des soins aux vieillards, aux petits enfants, aux pauvres, aux infirmes, aux malades... les lépreux surtout avaient tout son amour.

ÉLISABETH. Les lépreux?... quelle horreur!

M. NERVAL. Les saints et les saintes du moyenâge se sont tous distingués par leur dévouement aux lépreux.

LOUIS. Saint Louis aussi?

M. NERVAL. Oui, mon enfant. La lèpre avait, à cette époque, aux yeux de la religion, quelque chose de sacré; « c'était un don de Dieu, une distinction spéciale, une marque, pour ainsi dire, de l'attention divine. » On nommait les lépreux *les malades du bon*

Dieu, les chers pauvres de Dieu, les bonnes gens, les braves gens.

Louis. Mais le lépreux était toujours séparé des autres hommes?

M. Nerval. L'Eglise, mère de tous, devait éviter la contagion pour les uns, et consoler les autres dans leur affliction ; c'était elle, donc, qui retirait le lépreux du monde, non pas avec sévérité, comme elle eût éloigné un criminel, mais avec charité et amour.

Élisabeth. Que faisait-on de ce pauvre lépreux?

M. Nerval. On le menait à l'hôpital ou dans une maisonnette hors de la ville, où il devait vivre seul. Tout ceci se faisait avec de pieuses cérémonies que je vous raconterai quelque jour.

Notre Elisabeth soignait donc les lépreux de préférence encore aux autres malades. On raconte à ce sujet, entre autres traits bien touchants, que, pendant un voyage du landgrave, elle rencontra dans les environs du château un pauvre petit lépreux nommé Elie ou Hélias, que personne n'osait soigner tant son état était affreux. Touchée d'un si cruel abandon, elle le prit entre ses bras, l'emporta à la Wartbourg, le coucha dans le lit qu'elle partageait de coutume avec son époux. Quelques serviteurs, désireux de faire leur cour à la duchesse Sophie, allèrent lui dire ce qui se passait.

Louis revint ce même jour sans être attendu. — Mon fils, cria Sophie en allant à sa rencontre, viens avec moi ; je veux te montrer une belle merveille de ton Elisabeth ; tu verras bientôt une personne qu'elle aime mieux que toi... Et, le conduisant dans l'appartement ducal, elle le mena près du lit. Maintesant, regarde, dit-elle ; ta femme veut te donner la lèpre, puisqu'elle couche des lépreux dans ton propre lit.

Le duc, furieux, courut à son épée, la brandit, souleva brusquement les couvertures... mais il ne vit pas de lépreux... Jésus était là, en croix, inondé de nouveaux flots de sang et répétant la parole qui avait terrassé Saul sur le chemin de Damas : « Louis, Louis, pourquoi me persécutez-vous ? Voulez-vous donc me faire une sixième plaie ?

ÉLISABETH. Oh ! mon papa ! quel beau miracle !... Combien Elisabeth devait être heureuse ! Ah ! il est bien vrai, ce mot de l'Evangile que je lisais ce matin même : « En vérité, je vous le dis, ce que vous ferez pour le moindre des miens, c'est à moi-même que vous le ferez. »

LOUIS. Et Elisabeth, avait-elle vu le Sauveur ?

M. NERVAL. Elisabeth s'était enfuie en voyant la colère de son époux. Louis alla lui-même la chercher, pleurant de douleur, frappant sa poitrine et répétant : — Ma chère bonne petite sœur, ne te laisse arrêter par personne dans l'exercice de tes vertus, et continue à te montrer la consolatrice, l'amie et la mère des pauvres.

Elisabeth profita de cet instant pour demander et obtenir la permission de construire un hôpital à mi-côte du rocher qui domine la Wartbourg.

On raconte encore que deux fois la chère sainte, contrainte de se montrer en public après avoir donné son manteau de souveraine à des pauvres, parut soudain couverte d'un manteau plus magnifique ; que le pain se multiplia un jour dans sa corbeille, comme autrefois entre les mains de Jésus ; que les greniers du duc se trouvèrent pleins à déborder de toutes parts quand elle les eut complètement vidés pendant une horrible famine. — Voilà ce que sait faire le Seigneur quand cela lui plaît ! disait joyeusement la jeune femme à chaque nouveau miracle que méritait de Dieu son incomparable charité.

Le bon Dieu bénit l'union de la duchesse de Thuringe ; il lui donna un fils quand elle achevait à peine sa quinzième année.

ELISABETH. Oh ! je sais bien ce qu'elle va faire, papa : ce fils que le bon Dieu lui a donné, elle va le lui consacrer.

M. NERVAL. Tu as dit juste, mon Elisabeth.

ELISABETH. Maman disait l'autre jour qu'une pieuse mère consacre toujours ses enfants au Seigneur, que c'est son devoir.

M. NERVAL. Sans doute, c'est son devoir ; mais combien de pères et de mères oublient qu'avant de nous appartenir, nos enfants sont à Dieu !

Elisabeth, vêtue d'une simple robe de laine, et nu-pieds, prit son enfant entre ses bras, sortit du palais, courut à l'église la plus éloignée de la résidence ducale, déposa le petit prince sur l'autel, un cierge et un agneau, offrande des plus pauvres, et consacra à Jésus et à Marie son bien le plus cher au monde, suppliant le Seigneur de reprendre son fils dans son innocence s'il devait se rendre jamais coupable d'un seul péché mortel.

Elisabeth eut, l'année suivante, une fille que l'on nomma Sophie ; puis une seconde Sophie ; puis une Gertrude, qui naquit peu après la mort du duc Louis.

LOUIS. Comment, mon papa, le duc Louis, que la

chère sainte aimait d'un si parfait amour, allait-il quitter sitôt la terre?

ÉLISABETH. Que d'afflictions pour mon Elisabeth, si bonne et si sainte!

M. NERVAL. Tu oublies, mon enfant, la divine parole que nous avons rappelée au commencement de ce récit : Dieu afflige celui qu'il aime. Dieu châtie celui qu'il aime, comme un père l'enfant qu'il chérit.

ÉLISABETH. Ah! il me semble voir ma chère sainte auprès du lit de douleur de son auguste époux.

M. NERVAL. Elisabeth n'eut pas la consolation de fermer les yeux à Louis de Thuringe; Louis de Thuringe mourut loin des siens, sur la terre étrangère.

LOUIS. Il me tarde de savoir comment et pourquoi, mon papa.

M. NERVAL. Après avoir hésité pendant quinze ans à accomplir le vœu juré dans sa jeunesse, l'empereur Frédéric II attacha soudain sur sa poitrine la croix qu'il avait jusque-là cachée à tous les yeux, et fit prêcher la croisade dans ses Etats.

ÉLISABETH. Ah! je devine tout... Pauvre Elisabeth!

M. NERVAL. Un grand combat se livra alors dans le cœur de Louis de Thuringe : comment avoir la force de s'arracher des bras de son Elisabeth? mais comment, aussi, se renfermer à la Wartbourg dans un indigne repos quand l'Allemagne tout entière courait à la délivrance du saint tombeau du Christ?

—Ah! disait Elisabeth, ignorant ce qui se passait dans l'âme de son auguste époux, ah! si j'étais Louis seulement pour un an, que de bon cœur je sacrifierais mon sang et ma vie pour une querelle si sainte, une guerre si juste et une occasion si heureuse! Ces paroles venaient frapper au cœur le noble duc, et pourtant il hésitait toujours.

Un jour il rencontra le vénérable évêque Conrad de Hidelsheim ; il lui confia et son désir et ce qu'il nommait sa faiblesse. Le saint homme le consola, releva son courage par des paroles de foi et attacha lui-même la croix sur l'épaule de Louis de Thuringe en disant : Dieu le veut!

En revenant à la Wartbourg, le landgrave cacha la croix dans son aumônière en cachant son vœu dans son cœur : Élisabeth l'avait engagé à la croisade ; néanmoins, un secret pressentiment lui disait tout ce que sa résolution apporterait de trouble et d'inquiétude à l'âme de la jeune femme.

Peu après, Élisabeth, dans un moment de gaieté enfantine, se prit à fouiller dans l'aumônière ; elle en retira la croix. Saisie, à cette vue, d'une indicible douleur, elle tomba sans connaissance.

— Élisabeth, Élisabeth, que deviendras-tu? cria-t-elle en revenant à elle après un long évanouissement. Mon frère, mon cœur me dit que tu mourras infailliblement en ce voyage... Ah! si ce n'est point contre le gré de Dieu, reste avec moi.

— C'est un vœu que j'ai fait à Dieu, répondit le jeune prince ; mais si tu juges, sœur chérie, que je doive en demander dispense, si tu juges que je ne doive point quitter la Thuringe?...

— Contre le gré de Dieu, je ne veux pas te garder, murmura Élisabeth. Que sa volonté s'accomplisse! Je lui fais le sacrifice de toi et de moi-même.

Quelque temps après, Louis de Thuringe ayant achevé ses préparatifs, faisait à Schmalkalden de tendres adieux à tous les siens et se mettait à la tête des

croisés ses sujets. Mais Elisabeth n'ayant pu se résoudre à quitter son époux en même temps que tous les
autres, l'accompagna jusqu'aux frontières de la Thuringe et chevaucha trois jours durant à ses côtés, ne
faisant que soupirer et pleurer tout en murmurant :

— Je ne sais si je pourrai jamais te quitter... je ne
sais si je n'irai jusqu'au bout...

— Bonne chère sœur, que deviendraient nos petits
enfants s'ils n'avaient plus de mère? répondit le bon
duc. N'est-ce pas la volonté de Dieu que j'aille, moi,
venger son saint nom si indignement outragé ; que,
toi, tu pries pour moi dans la solitude de la Wartbourg, dans les temples chéris d'Eisenach, que tu élè-
ves mes enfants dans la vertu et l'amour du Seigneur,
que tu gardes leur héritage?

A ces douces paroles, Elisabeth baissait la tête et
renouvelait son sacrifice.

ELISABETH. Ah ! que le moment de la séparation leur
dut être pénible!

M. NERVAL. Ce moment venu, ils restèrent embras-
sés pendant plus d'une demi-heure, versant des tor-
rents de larmes. On tenta de les séparer, mais ils semblaient ne plus voir, ne plus entendre, ne plus com-
prendre. Enfin, Louis faisant un suprême effort, s'ar-
racha des bras d'Elisabeth, lui montra un anneau qu'il
portait au doigt et lui dit:

— Celui qui t'apportera cette bague, chère et fidèle
sœur, et qui te racontera que je suis en vie ou bien
mort, crois à tout ce qu'il te dira.

Il ajouta après de nouveaux embrassements :

— Que Dieu te bénisse, chère petite Elisabeth, sœur
bien-aimée, mon doux trésor! que le Seigneur garde
ton âme et ton courage! Adieu!...

Elisabeth n'entendit point les dernières paroles de son époux; elle s'était évanouie dans ses bras.

Quand elle revint à elle, le landgrave avait disparu, disparu pour toujours. — Oh! je ne le verrai plus! je ne le verrai plus! balbutia-t-elle avec une indicible angoisse. Mon Dieu, donnez-moi le courage, ou je mourrai de douleur!

Elle reprit tristement le chemin de la Wartbourg, où elle déposa ses brillantes parures de souveraine pour revêtir les habits de veuve et les longs voiles de deuil.

Louis. Vous nous direz, n'est-ce pas, mon papa, comment mourut Louis de Thuringe?

M. Nerval. En quittant la Thuringe, le jeune duc alla rejoindre l'empereur à Apulie. Il eut avec lui une conférence secrète à Troja, dans l'île Saint-André, car les deux princes partageaient le commandement. Au sortir de cette conférence, il se sentit saisi d'une fièvre froide qui ne lui donna d'abord aucune inquiétude et qui ne l'empêcha pas de s'embarquer à Brindes quelques jours après. Cependant la fièvre continua, augmenta, et il dut relâcher à Otrante. Ce fut là qu'il mourut.

Louis. Quel chagrin devait-il avoir en songeant à son Elisabeth!

M. Nerval. Louis le Pieux, Louis le Saint, mourut sans désespoir, sans trouble, sans regret, comme un enfant s'endort dans les bras de son père. « Il avait pu gémir et pleurer d'être loin de son Elisabeth sur la terre; mais, à la porte du ciel, cette chère image ne pouvait se présenter à lui qu'au sein des joies futures de l'éternité bienheureuse. » On raconte qu'ayant reçu les derniers sacrements avec une ferveur tout angélique, le prince resta tout absorbé en Dieu, et qu'une seule parole lui échappa : — Voyez, voyez, dit-il, ces colombes plus blanches que la neige. Les assistants crurent qu'il délirait ; « mais, écrit un ancien auteur, Dieu voulut montrer par un signe visible et miraculeux que, comme la vie de ce prince lui avait été fort agréable, sa mort lui était aussi fort chère et fort précieuse ; car l'on vit alors quantité de belles colombes, blanches comme neige, paraître sur le galion, voltiger sur le moribond et se ranger à l'entour de son lit.

— Il faut que je m'envole avec ces belles colombes, murmura encore le landgrave. Au même instant, il exhala son dernier soupir, et les colombes prirent aussitôt l'essor dans les nuées et disparurent aux yeux des assistants, qui restèrent persuadés que c'était une troupe d'anges qui venaient recevoir en triomphe cette âme angélique pour la placer dans cette cité des bienheureux. »

ELISABETH. Il avait songé, sans doute, à envoyer à Elisabeth la bague dont il lui avait parlé.

M. NERVAL. Trois députés des croisés apportant à la Wartbourg et l'anneau et la nouvelle affreuse du trépas de leur seigneur, arrivèrent au commencement de l'hiver. Elisabeth était souffrante : la duchesse Sophie lui cacha pendant quelque temps son malheur.

Enfin vint le moment où l'on ne pouvait plus lui en faire un secret. Sophie, se souvenant des angoisses qu'elle avait éprouvées elle-même au temps de la mort du bon duc Hermann, ne voulut point confier à d'autres la triste mission. Elle se rendit donc auprès de la jeune femme avec les plus nobles dames.

— Ma fille bien-aimée, lui dit-elle, prenez courage

et ne vous laissez point abattre par la nouvelle de ce qui est arrivé à votre mari.

Elisabeth crut que Louis était tombé entre les mains des infidèles.

— Dieu et le roi André viendront à son secours, dit-elle avec larmes, et je serai bientôt consolée.

— Oh! ma chère fille, reprit Sophie après un morne silence, et en remettant à la jeune duchesse l'anneau du landgrave, il est mort!

—Ah! Madame, que dites-vous? dit Elisabeth en retournant machinalement l'anneau entre ses doigts.

— Il est mort!

— Ah! mon Dieu, mon Dieu, crie la pauvre veuve, il est mort! Louis n'est plus de ce monde! Ah! tout est mort pour moi!

Alors, elle se leva éperdue et se mit à courir à travers les salles et les corridors du château répétant d'une voix rauque et saccadée : —Il est mort!... mort!... mort!... La duchesse Sophie voulut l'entraîner dans ses appartements; elle se laissa tomber rudement la tête sur le parquet et murmura ces mots, qu'elle interrompit vingt fois peut-être : — Maintenant, j'ai tout perdu... O mon bien-aimé frère, ô l'ami de mon cœur, ô mon bon et pieux mari, tu es donc mort, et tu m'as laissée dans la misère!... Comment vivrai-je sans toi?... Ah! pauvre abandonnée!... Malheureuse femme que je suis! que celui qui n'abandonne pas les veuves et les orphelins me console!... O mon Dieu! console-moi! O mon Jésus, fortifiez-moi dans ma faiblesse !

ELISABETH. Mon papa, j'aurais pensé qu'une

3

sainte ne se fût point désolée ainsi, n'eût point pleuré ainsi.

M. NERVAL. Ma fille, « Dieu ne défend point les pleurs ; lui-même, il en versa sur le tombeau de Lazare. Il ne défend pas non plus l'affection, puisqu'il a créé nos cœurs susceptibles d'attachement et de tendresse, puisque lui-même, s'étant fait homme, a aimé de cette amitié sensible si légitime et si consolante. Voyez comme *il l'aimait*, disaient les Juifs autour du tombeau de Lazare. Et l'évangéliste écrit dans ces pages sacrées qui nous retracent la dernière cène : Saint Jean, l'apôtre que *Jésus aimait*, reposait sur le cœur de son divin Maître. »

Du reste, Elisabeth reprit bientôt force et courage ; ses larmes de désespoir devinrent des larmes de résignation, des larmes d'espérance ; Dieu ne l'avait-il pas voulu ainsi ? Mais, elle, unie au duc de Louis sur la terre, ne devait-elle point le retrouver un jour au ciel ? Parfois elle s'effrayait en songeant aux longues années qu'il plairait peut-être à Dieu de la laisser sur la terre, car elle n'avait que vingt ans ! Parfois, aussi, il lui semblait entendre une voix qui lui disait au fond du cœur : Courage, courage, Elisabeth... tel qui marche avec ardeur et sans jamais regarder en arrière arrive bientôt au terme de la course.

Et maintenant, mes enfants, ne vous offensez point des actions de notre Elisabeth : nous allons la voir descendre du trône, traîner une vie abjecte et méprisée, se couvrir de haillons, mendier son pain.

ELISABETH. Une grande duchesse de Thuringe !

LOUIS. Mais, mon papa, ce sont là des actes de folie !

M. Nerval. C'étaient des actes admirables au moyen-âge, surtout au treizième siècle.

Elisabeth. Fut-ce donc volontairement qu'Elisabeth descendit du trône de Thuringe?

M. Nerval. Tu vas le voir.

Le trône appartenait au petit duc Hermann, sous la tutelle de sa mère. Henri, dit Raspon, frère puîné de Louis de Thuringe, résolut de ravir à l'enfant son héritage. Il ourdit une conspiration contre la pauvre veuve, la représentant comme une prodigue et une folle. Maître du pouvoir, qu'Elisabeth avait laissé en ses mains en attendant que la bienséance lui permit de paraître en public et de reprendre sur son peuple chéri ses droits de souveraine et de mère, il était sûr du succès.

Un soir donc que tout était calme et triste à la Wartbourg, qu'Elisabeth pleurait et priait tout en veillant sur ses enfants, un bruit inaccoutumé se fit dans le château. — Où est la prodigue, la désolatrice de l'Etat? criait-t-on de toutes parts; où est Elisabeth?... Elisabeth se présenta avec dignité.

Elisabeth. Ah! mon papa, les misérables vont la tuer!

M. Nerval. Raspon n'avait point osé porter les mains sur la veuve de son frère, mais il ne craignit pas de la chasser du château ducal. — Il faut qu'elle sorte d'ici, criaient les conspirateurs; qu'elle sorte à l'instant même!... Et, sans répondre aux supplications, aux larmes de la pauvre jeune femme, qui ne demandait que ses enfants, ils l'entraînèrent vers la porte extérieure. Bientôt cette porte se referma sur elle. Il était dix heures du soir.

Elisabeth. Mon Dieu! que devint-elle?

M. NERVAL. Elle pleura, elle pria longtemps sur le seuil de ce palais où elle avait été si heureuse. — Mais ne l'ai-je point mérité? se dit-elle enfin, comme sortant d'un long rêve. Dieu est si bon qu'il permet que j'expie en ce monde mes nombreuses infidélités, et j'ose murmurer! Ne devrais-je point, au contraire, être parfaitement heureuse?... Elisabeth, toute aux pensées consolantes de la foi, eût été effectivement heureuse si le souvenir de ses enfants n'eût déchiré son âme. — Mon Dieu, mon Dieu, fit-elle, je vous les donne... vous veillerez sur eux... Mais faites, oh! faites, si c'est votre volonté, qu'ils me soient bientôt rendus!

ELISABETH. Resta-t-elle donc toute la nuit sur ce seuil inhospitalier?

M. NERVAL. Elle descendit le même sentier où le Seigneur avait fait naître des roses dans ses mains, et chercha un asile dans les plus pauvres maisons d'Eisenach, dans ces cabanes où elle avait accompli tant d'œuvres admirables de charité. Mais Raspon avait fait publier à son de trompe que quiconque recevrait la veuve de Louis de Thuringe serait sévèrement puni, et nul n'eut pitié.

ELISABETH. Comment! on la laissa au froid, à la pluie peut-être?

M. NERVAL. Un hôtelier eut enfin compassion et lui abandonna une masure à demi ruinée où il logeait ses pourceaux. Il fit sortir les animaux immondes pour donner asile à la fille des rois de Hongrie! La vierge de Bethléem ne trouva aussi qu'une étable à bête, se dit la princesse en pénétrant dans l'infâme réduit, où elle se mit aussitôt à remercier Dieu de lui faire mériter le ciel par des chagrins et des affronts. Elle n'avait point achevé sa prière quand elle entendit sonner matines au couvent des Franciscains qu'elle avait fondé du vivant de son époux. Elle courut à l'église, et ayant pieusement assisté à l'office, elle pria les bons Pères de chanter un *Te Deum* en actions de grâces des grandes tribulations qu'il plaisait à la Providence de lui envoyer. — Mon Dieu, disait-elle dans sa parfaite humilité, il faut que votre volonté soit faite ! Hier, j'étais duchesse, avec de grands et riches châteaux ; aujourd'hui, je suis mendiante, et personne ne veut me donner asile. Seigneur, si je vous avais mieux servi pendant que j'étais souveraine, si j'avais fait plus d'aumônes pour l'amour de vous, c'est maintenant que je m'en féliciterais ; malheureusement, il n'en a pas été ainsi !

Elisabeth ne quitta le sanctuaire des bons religieux que pour une autre église. — De là, du moins, personne n'osera me chasser, disait-elle, car cette maison est celle du bon Dieu.

Elle y était encore vers le milieu du jour, quand d'insolents valets de Raspon vinrent jeter ses enfants à ses pieds. Elisabeth éprouva un instant du plus délicieux bonheur en les pressant sur son cœur de mère ; mais bientôt ce pauvre cœur se brisa : Hermann et ses petites sœurs, grelottant de froid, mourant de faim, laissèrent échapper des gémissements plaintifs. Elisabeth se fût laissé aller au désespoir si, à cette heure si terrible pour elle, Dieu ne l'eût soutenue. Elle sortit de l'église portant entre ses bras son nouveau-né, et suivie de deux anciennes filles d'honneur qui avaient obtenu la permission de rejoindre leur maîtresse et qui portaient les autres enfants. Elle erra, comme la nuit précédente, dans

les rues de la ville, mendiant avec larmes un abri et
du pain pour les héritiers de Louis de Thuringe. La
terreur qu'inspirait Raspon était si grande que toutes
les portes se fermèrent devant la malheureuse. — Que
je souffre seule, ô mon Dieu ! murmurait-elle en marchant et en sanglotant. Accablez-moi, mais épargnez
ces innocents !... Elle rencontra un pauvre prêtre, elle
se prosterna à ses pieds, lui montra ses orphelins. —
Mon père, dit-elle, ils sont nés princes et princesses,
et les voilà affamés et n'ayant même pas de paille pour
se coucher. Le saint homme n'avait qu'un appentis;
il le lui abandonna.

« La chère sainte resta quelque temps dans ce tau-
dis, résignée, heureuse même : grâce à ses dures privations de vêtements et de nourriture, grâce à ses
veilles prolongées et à son travail opiniâtre, ses enfants n'avaient plus froid, n'avaient plus faim. Le bon
Dieu avait exaucé son ardente prière : elle seule souf-
frait. »

Si Elisabeth était abandonnée, elle ne l'était ni de
Dieu ni de la sainte Mère du Sauveur. On raconte que
Jésus lui-même lui apparut, que la vierge Marie
« vint l'instruire, la fortifier, la consoler, lui prodiguer
les plus douces et les plus ineffables caresses. — Si tu
veux être mon élève, lui dit l'aimable Mère de Jésus,
moi je serai ta maîtresse; si tu veux être ma servante,
moi je serai ta dame. — O Madame, qui êtes-vous?
s'écria Elisabeth ; qui êtes-vous, vous qui me deman-
dez pour élève et servante? — Je suis la Mère du Dieu
vivant, répondit la divine consolatrice; si tu veux
être ma fille, moi je serai ta mère... Et Elisabeth joignit les mains, les étendit vers l'auguste Vierge, et

la Vierge les pressa dans les siennes et reçut ses serments. »

Elisabeth. Mon papa, Elisabeth resta-t-elle toujours
dans son pauvre appentis?

M. Nerval. Non, ma fille : la duchesse Sophie, si
injuste autrefois pour cette Elisabeth, dont elle savait
actuellement apprécier la vertu, supplia ses fils en faveur de la malheureuse ; n'en pouvant rien obtenir,
elle prit le parti d'avertir quelques personnes de
la propre famille de la chère sainte de l'état d'abjec-
tion et de misère auquel était réduite la princesse.
Mathilde, sœur de la reine Gertrude et abbesse de
Kiritgen, envoya aussitôt chercher sa nièce et ses pe-
tits-neveux.

Elisabeth. Alors, mon papa, Elisabeth alla à Kiritgen?

M. Nerval. Elle y passa quelque temps.

Louis. Pourquoi n'y resta-t-elle point toujours?

M. Nerval. Elle n'eût jamais songé peut-être à quitter cet asile béni si son oncle maternel, Egbert,
prince-évêque de Bamberg, ne l'eût mandée auprès
de lui. Elle obéit, laissant à Mathilde sa seconde fille,
Sophie.

Elisabeth. Cette Sophie destinée à l'état monasti-
que?

M. Nerval. Oui, mon enfant; Sophie devait prendre le voile dans le saint monastère de Kiritgen.

Elisabeth regretta bientôt la pieuse solitude du cloître ; à Bamberg, on lui fit une réception magnifique,
et le prince-évêque, exprimant le vœu que la jeune
femme convolât à de secondes noces, lui assigna la
noble résidence de Botenstein.

ELISABETH. Oh ! je suis bien sûre que ma bonne chère sainte ne se remaria point.

M. NERVAL. Elle avait fait vœu, du vivant de son époux, de demeurer, s'il mourait avant elle, dans le saint état du veuvage.

Elisabeth assista, à Bamberg, à une triste mais consolante cérémonie : le duc Louis avait fait promettre aux seigneurs croisés de rapporter ses os en Thuringe à leur retour en Palestine, et de les ensevelir dans le sépulcre de ses pères, à Reinhartsbrünn. Les chevaliers thuringiens n'y manquèrent point. Ils revinrent d'Otrante à pied, s'arrêtant dans toutes les villes qu'ils rencontraient pour y faire célébrer un service pour leur aimé souverain. Quand le triste convoi arriva dans les environs de Bamberg, l'évêque marcha à sa rencontre avec son clergé et la haute noblesse du pays.

ELISABETH. Et aussi avec Elisabeth ?

M. NERVAL. Avec Elisabeth, qu'on avait voulu en vain retenir à Bamberg.

Le lendemain eut lieu un service magnifique. Elisabeth était là encore derrière le cercueil. Celui-là seul qui lit dans le cœur des enfants des hommes, dit un des historiens de notre sainte, peut savoir ce qu'il y eut alors de douleur et d'amour dans le cœur de la pauvre veuve.

Après la sainte messe, après l'éloge funèbre de Louis le Pieux, Elisabeth, se jetant aux genoux du prince-évêque, sollicita avec des sanglots la permission de baiser les ossements de son époux, ses reliques.

ELISABETH. L'évêque le lui permit ?

M. NERVAL. Egbert connaissait trop bien la force d'âme, l'admirable résignation de sa nièce, pour lui refuser cette suprême consolation. Il ouvrit donc le cercueil au milieu de la douleur de l'assistance, et déposa sur l'autel ces ossements, dont l'étonnante blancheur, symbole d'innocence, ravit tout le peuple.

Alors, la courageuse Elisabeth, plus pâle que la mort, monta sans chanceler les quelques degrés de l'autel et contempla un instant tout ce qui restait du brillant duc de Thuringe, de cet époux qu'elle avait tant aimé. Elle frissonne douloureusement, dit un vieux chroniqueur. Il n'y a veine où son sang ne se glace, il n'y a cheveu sur sa tête que le froid à sa racine ne dresse ; peu s'en faut qu'elle ne tombe morte sur le pavé. Cependant elle surmonte cette émotion terrible, et, étendant le bras, elle presse sur son cœur ces ossements chéris, les baise avec amour, « mêle sa face parmi eux, les amasse contre ses joues, » les arrose de larmes brûlantes.

L'évêque, effrayé à la vue de ces transports de douleur, l'arrache doucement de ces lugubres restes. Elle obéit, se prosterne au pied de l'autel, renouvelle son immense sacrifice et sort de l'église tout en pleurs, mais calme et silencieuse.

Les croisés jurèrent sur les restes de leur aimé souverain de défendre sa veuve contre l'infidèle usurpateur, de protéger ses orphelins, de reconquérir le trône du jeune Hermann.

Louis. Le prince Louis fut-il donc enseveli à Botenstein?

M. Nerval. Non, les croisés continuèrent leur marche pour Reinhartsbrünn. Elisabeth, portant entre ses bras la petite Gertrude, et suivie d'Hermann et de Sophie, accompagna à pied le cercueil de son époux.

Louis. Où était Reinhartsbrünn?

M. Nerval. Non loin de la Wartbourg, à Eisenach.

Louis. Les landgraves et leur mère durent faire
honneur aux restes mortels du prince souverain?

M. Nerval. Ils les reçurent à Reinhartsbrünn avec
les bons religieux du monastère et un grand concours
de peuple.

Elisabeth. Et Elisabeth?

M. Nerval. En présence de ces restes vénérables on
ne pouvait insulter à la veuve désolée; Sophie la
pressa furtivement sur son cœur, Raspon la salua avec
respect.

Cependant, la cérémonie funèbre achevée et leur
prince enseveli à jamais avec ses pères, les chevaliers
croisés se souvinrent de leur serment et allèrent trouver l'usurpateur. Raspon rougit devant eux, regretta
sa félonie, jura de restituer le trône à son neveu, et
de gouverner pour lui avec fidélité en qualité de ré-
gent. Sincèrement repentant, il alla lui-même chercher Elisabeth dans une pauvre maison d'Eisenach,
où elle s'était retirée, et la fit rentrer dans le château de la Wartbourg, d'où il l'avait si odieusement
chassée.

Tranquille désormais sur le sort de ses enfants, Elisabeth ne songea plus qu'à rompre entièrement avec
le monde. La grandeur lui pesait; elle n'aspirait qu'à
une vie humble et pauvre.

Alors, les disciples de saint François d'Assise se
dépouillaient de tous leurs biens pour l'amour de
Dieu, et s'en allaient mendier de porte en porte : elle
voulut embrasser dans sa plus grande austérité l'Ordre de saint François. Elle supplia donc Raspon de

lui assigner une résidence où rien ne pourrait la distraire de ses exercices chéris de piété et de charité; Raspon lui donna Marbourg en toute propriété et lui promit de lui restituer sa dot en argent. Pénétrée de reconnaissance, elle quitta aussitôt la Wartbourg avec ses enfants et ses deux fidèles suivantes.

A Marbourg, on la reçut en triomphe; mais, se dérobant à tous les honneurs, la fille du roi de Hongrie se fit bâtir, près du couvent des Frères Mineurs, une cabane de bois et de terre glaise, où elle se retira. Maître Conrad de Marbourg, son directeur spirituel, entre les mains de qui elle avait fait, du vivant de son époux, vœu de parfaite obéissance, s'opposa à ce qu'elle embrassât la règle de saint François dans toute sa rigueur; mais, vaincu par ses sollicitations et ses larmes, il lui permit de prendre l'habit des Filles de sainte Claire.

ÉLISABETH. Mon Dieu! qu'avait-elle donc à faire encore? n'avait-elle point renoncé à tout?

M. NERVAL. Dieu dit: « Celui qui aime son fils ou sa fille plus que moi n'est pas digne de moi. » Il fallait qu'elle renonçât à l'amour trop tendre peut-être qu'elle avait pour ses enfants.

ÉLISABETH. Oh! mon père...

M. NERVAL. Ma fille, Dieu n'appelle point ainsi toutes ses créatures, mais il est des âmes d'élite qu'il s'est choisies et qui sont fidèles à sa voix. Pour avoir cette meilleure part dont parle l'Evangile, il faut force et courage, foi vive, confiance parfaite : Elisabeth avait le courage, la confiance, la foi. « Si nous ne savons pas l'imiter dans son abnégation entière, dans son absolu renoncement à tout, dans son sacrifice immense, sachons du moins l'admirer et déposons à ses

pieds le juste tribut de louanges que méritent ses émi-
nentes vertus. »

A force de prières, Élisabeth obtint enfin de Dieu
la grâce tant désirée. Alors, c'était un jour de vendredi
saint, elle se consacra solennellement à Dieu, pro-
nonça ses vœux et se couvrit de la pauvre tunique des
Filles de sainte Claire.

Après cet acte suprême, craignant de manquer à
ses serments si elle avait toujours devant les yeux
les chers enfants de son seigneur, elle les éloigna
d'elle : Hermann et Sophie furent envoyés au château
de Creutzbourg pour y être élevés, « sous bonne et
sûre garde, » d'une manière conforme à leur naissance et au rang qu'ils devaient occuper un jour ; la
seconde Sophie retourna à Kiritgen, et la petite Gertrude, à peine âgée de deux ans, fut confiée aux reli-
gieuses prémontrées d'Aldenberg.

ÉLISABETH. Et mon Élisabeth se donna toute à
Dieu ?

M. NERVAL. Toute à Dieu et aux pauvres, au travail
des mains et à la prière. Elle recevait les malades les
plus dégoûtants pour les soigner dans sa hutte.

ÉLISABETH. Et sa dot que Raspon lui avait promise ?

M. NERVAL. Il la lui restitua en effet, et Élisabeth résolut de distribuer en un jour ses immenses richesses. Elle fit donc publier, à vingt-cinq lieues à la
ronde, que tous les malheureux eussent à se réunir, en
un jour fixé, dans la plaine de la Wehrda.

ÉLISABETH. Quel beau jour ce dut être pour ma chère
sainte !

M. NERVAL. Elle le nomma toujours le plus beau de
sa vie.

Louis. Mon papa, avait-elle encore auprès d'elle ses deux fidèles suivantes?

M. Nerval. Oui; mais vint un jour où Conrad, qui n'avait d'autres vues que la gloire céleste de sa pénitente, et qui savait tout ce dont elle était capable pour Dieu, exigea qu'elle se séparât d'elles.

Élisabeth. Elle y consentit?

M. Nerval. Elle obéit en versant des larmes, mais bientôt elle trouva un charme tout divin dans la solitude. Conrad lui amena alors deux femmes avec qui elle devait partager sa chaumière. L'une était une fille de la campagne rude et grossière et si horriblement laide, que, dit la chronique, elle servait d'épouvantail aux petits enfants; l'autre était une veuve âgée, sourde, méchante, bizarre et acariâtre.

Élisabeth. Oh! je vois mon Élisabeth les servant avec empressement, les soignant avec amour.

M. Nerval. Tu peux ajouter : supportant les affronts et les mauvais traitements, que ces deux femmes ne lui épargnèrent pas. Mais Jésus venait la consoler lui-même.

Louis. Mon papa, ses prières obtenaient-elles encore des miracles?

M. Nerval. « Ses prières, si pures et si ferventes, avaient une vertu merveilleuse qui touchait le cœur de Dieu et qui ouvrait les trésors de son infinie miséricorde et de son inépuisable bonté. On ne pourrait redire le nombre d'aveugles dont les yeux se r'ouvrirent à la lumière, de malades qui furent instantanément guéris, de boiteux ou de paralytiques qui marchèrent, de sourds qui entendirent, de muets qui parlèrent, à la voix ou par l'attouchement des mains bénies de la sainte duchesse. »

Cependant le Seigneur, jetant un regard d'amour
sur sa fidèle servante, trouva que son épreuve avait
été assez longue. « Une nuit qu'elle était sur sa pauvre couche, partagée entre la prière et le sommeil, il
lui apparut au milieu d'une lumière délicieuse, et lui
dit d'une voix douce et suave : — Viens, Elisabeth,
ma fiancée, ma tendre amie, ma bien-aimée, viens
avec moi dans les tabernacles de la gloire... Tout le
paradis te désire; les anges et les saints se prépa-
rent à te recevoir avec magnificence; viens donc,
mon Elisabeth!... Elisabeth s'éveilla dans des transports de joie et ne songea plus qu'à se préparer au
voyage. »

Quatre jours après, Elisabeth prit le lit. Elle le garda
pendant douze ou quinze jours, dévorée par une fièvre
ardente, mais animée d'une sainte joie. « Alors, dit
la chronique, elle sembla entrer dans une bienheureuse et douce agonie, et Dieu lui envoya un ange
pour la consoler et la réjouir, lui entonnant quelques
doux airs du paradis. Il vint en forme d'un petit oi-
seau qui n'était vu et ne fut ouï que d'Elisabeth, lequel se mit à la ruelle de son lit, et, de son gosier angélique, lui dégoisa un ramage si mélodieux et si ra-
vissant qu'elle se croyait déjà être en paradis. Et elle
chanta aussi. »

Le 18 novembre, elle discourut tout le jour, versant elle-même des flots de saintes larmes sur les
pleurs de Jésus dans la crèche, sur les pleurs de Jésus
au tombeau de Lazare, sur les pleurs de Jésus
sur la croix. Le soir, elle se remit à chanter et
continua à parler merveilleusement des choses de
Dieu.

« Vers minuit, son visage devint resplendissant et

sa joie augmenta à tout instant. Enfin elle s'écria :
— O Marie, viens à mon secours... Le moment arrive où Dieu appelle ses amis à ses noces... L'Epoux
vient chercher son épouse... Elle se tut, puis reprit
bientôt à voix basse : — Silence... silence... Et,
inclinant la tête avec un doux sourire, elle rendit
l'esprit.

» Un parfum délicieux se répandit alors dans l'humble chaumine de la Fille de saint François, une har-
monie céleste se fit entendre.

» C'était le 19 novembre de l'an 1231, Elisabeth
avait à peine accompli sa vingt-quatrième année. »

ELISABETH. Pauvre chère sainte! bonne chère sainte!
heureuse chère sainte!

M. NERVAL. On l'ensevelit dans l'hôpital de Marbourg. Les miracles se multiplièrent au pied du saint
tombeau ; on cite la résurrection de seize personnes.

Le pape Grégoire IX, apprenant ces merveilles, ordonna une enquête. Elle fut inscrite au catalogue des
Saints le 26 mai 1235.

ELISABETH. Oh ! mon père, quelle admirable femme!
quelle grande sainte!

M. NERVAL. N'oublie point, ma fille, qu'Elisabeth
de Hongrie est le modèle de toutes les femmes chré-
tiennes, quels que soient leur âge, leur rang, leur
condition. « A la jeune fille, l'aimable sainte dit la
douce modestie, la simplicité et la naïve obéissance ;
à l'épouse, le respect, le dévouement et l'amour ;
à la veuve, la résignation, le pieux souvenir et l'austérité des mœurs ; à la vierge du sanctuaire, l'abnégation et le détachement de toutes créatures et de toutes
choses ; » et à toutes, la plus sublime des vertus : la
charité !

➤

DEUXIÈME PARTIE

LOUIS.

⌘

Louis. Mon papa, n'ai-je rien à envier à ma chère petite sœur, qui a le bonheur de se nommer Elisabeth?

M. Nerval. Non, mon enfant; si Elisabeth de Hongrie a été une grande sainte, Louis de France a été aussi un des plus grands saints de son siècle.

Louis. Ah! mon papa, qu'il me tarde de savoir quelque chose de lui!

Elisabeth. Mais, mon frère, nous avons déjà étudié l'histoire de France.

Louis. Petite sœur, dans mon histoire on a à peine consacré deux petites pages à mon saint patron. On raconte ses victoires sur les Anglais et les seigneurs révoltés, ses croisades, la manière dont il rendait la justice sous les ombrages de Vincennes ; et voilà tout.

M. NERVAL. J'espère, mon enfant, entrer dans des particularités qui te feront plaisir. Et d'abord, mon cher fils, je t'adresserai ces paroles que Fénelon écrivait au duc de Bourgogne quand ce prince avait ton âge à peu près : « Enfant de saint Louis, imitez votre père ; soyez, comme lui, doux, humain, affable, compatissant, libéral. »

Saint Louis naquit à Poissy, le 25 avril 1215.

Louis. Pourquoi à Poissy, mon papa ?

M. NERVAL. Nos rois passaient souvent la belle saison à Poissy, où Robert le Pieux avait bâti une maison royale. Blanche de Castille, mère de notre saint, avait une affection particulière pour le séjour de Poissy, et son époux, le prince Louis, étant en ce moment occupé à une croisade contre les Albigeois, la pieuse princesse s'était retirée dans la solitude de son château chéri.

Louis. Saint Louis fut sans doute aussi baptisé à Poissy ?

M. NERVAL. Oui, mon enfant ; aussi le pieux roi se plaisait-il, par la suite, à signer : *Louis de Poissy; Louis, seigneur de Poissy*. Cette grâce du saint baptême, il l'estimait au-dessus de toutes grâces, au-dessus même de l'onction sainte qui l'avait fait roi.

ÉLISABETH. Je le comprends, mon papa, vous nous avez dit cent fois que la dignité d'enfant de Dieu est au-dessus de toute dignité, et c'est le baptême qui nous fait enfant de Dieu.

M. NERVAL. On conserve encore à Poissy les fonts qui servirent à notre auguste prince. Ce monument se

compose d'un grand vase de pierre relevé sur un so-
cle à cinq pieds de terre.

Peut-être Blanche de Castille eut un secret pressentiment de la gloire future de son fils, car elle éprouva
une joie plus vive qu'à la naissance de ses autres enfants. On dit qu'elle fit graver, en cette occasion, sur
son scel privé, un lis au naturel au milieu d'un champ
de fleurs de lis d'or. On lisait tout autour ces mots de
l'Écriture : *Lilium inter lilia.*

Louis. Mon papa, on nomma le petit prince
Louis : il n'y avait pourtant point encore de saint
Louis?

M. Nerval. C'était pour la neuvième fois qu'on vio-
lait, dans la royale maison de France, l'article du con-
cile de Nicée interdisant d'imposer à un enfant tout
autre nom que celui d'un saint ; mais celui en faveur
de qui on venait de l'enfreindre, cette neuvième fois,
était destiné à affranchir pour toujours sa postérité de
cette violation.

Louis. Saint Louis naquit-il héritier du trône?

M. Nerval. Non. Blanche de Castille était déjà
mère d'un fils, Philippe. Mais Philippe mourut tout
enfant, et Louis hérita de ses droits à la couronne des
lis.

Louis. Le père de saint Louis n'était pas encore
roi?

M. Nerval. Non, mon enfant, puisque Philippe-Auguste ne mourut qu'en 1223.

Elisabeth. Je pense que Blanche de Castille éleva
elle-même son enfant?

M. Nerval. Elle ne pouvait se résoudre à le perdre
un instant de vue. On l'entendait dire quelquefois, au
milieu de ses soins, au petit prince : — Non, je ne sau-

rais endurer que femme au monde me puisse dispu-
ter le titre de mère... Et cependant, malgré cette affection sans bornes pour son fils, Blanche, penchée
sur le berceau de Louis et épiant son réveil, répétait
chaque jour ces mémorables paroles : — Beau et doux
fils, rien au monde ne m'est plus cher que vous;
mais je préfère vous perdre de mort que de vous voir
entaché d'un seul péché mortel.

Louis n'avait pas encore trois ans qu'il se faisait
déjà admirer par sa piété, sa douceur et sa raison.
« Son entendement et son savoir, dit un chroniqueur, étonnaient les moines, les clercs et les pru-
d'hommes. »

Louis. Mon papa, Blanche de Castille ne pouvait
faire seule l'éducation de saint Louis?

M. Nerval. Blanche de Castille, sept fois mère encore
après la naissance du jeune prince, avait à partager
ses soins entre tous ses enfants, qu'elle aimait d'un
égal amour, et dut donc chercher à alléger la lourde
tâche qu'elle s'était imposée, et confia l'uducation de
son cher Louis au père Pacifique, chevalier italien qui
avait embrassé la carrière ecclésiastique au sortir
d'un sermon de saint François d'Assise, et qui se dis-
tinguait également par son savoir et ses vertus. Il parait que Henri Clément de Metz, maréchal de France,
le sire Jean de Nesle, le connétable de Montmorency
et le chancelier Guérin, veillèrent avec le saint homme aux études de l'héritier du trône et furent chargés
de l'initier à l'art de la guerre et à la connaissance
des lois et coutumes du pays. On peut dire cependant
que l'incomparable Blanche était le principal institu-
teur du saint roi; chaque jour, à la même heure,
Louis venait puiser auprès d'elle les hauts ensei-

gnements qu'une telle mère était capable de lui donner.

Louis. Etait-ce à Poissy qu'était élevé le jeune
Louis?

M. Nerval. On pense généralement que ses premières années durent s'écouler en ce lieu, d'où, chaque
jour, à cheval, il allait à Paris avec son gouverneur
visiter Blanche de Castille. Je parle du temps
où Blanche de Castille était régente du royaume.
Mais je dois vous dire un mot des événements de l'é-
poque.

En 1223, le grand roi Philippe-Auguste descendit
dans la tombe, et ce fut une douleur universelle.

Alors monta sur le trône un prince digne de son
père, digne de son saint enfant, Louis-le-Lion, Cœur-
de-Lion, le Lion pacifique.

Louis. Il ne régna que trois ans, de 1223 à 1226,
et mourut au retour d'une croisade contre les Albigeois.

Nous voici à saint Louis.

M. Nerval. Si vous vous souvenez de la douleur
qu'éprouva sainte Elisabeth en apprenant la mort de
son auguste époux, vous aurez une idée de celle qui
vint briser le cœur de la pauvre Blanche quand,
montée sur sa haquenée pour courir au-devant de
son seigneur, pour qui elle avait préparé un brillant
triomphe, elle ne recueillit sur le chemin que l'affreuse nouvelle de son trépas. On craignit un instant
pour sa vie; mais elle se souvint de ces grands devoirs
de souveraine et de mère, et elle sut comprimer la
violence de son chagrin.

Courageuse dans sa douleur même, elle veilla à ce
que les funérailles répondissent aux regrets de la mo-

narchie, se fit proclamer régente et songea au sacre
de son royal fils.

Louis. On dit dans mon histoire qu'elle rencontra une
grande opposition.

M. Nerval. Les seigneurs voulaient la régence, et
ils croyaient avoir bon marché d'une femme et d'un
enfant. Mais cette femme était Blanche de Castille. En
vain une ligue formidable se forma contre elle, elle
sut briser tous les obstacles, et le sacre eut lieu aujour
que la régente avait fixé, le premier dimanche des
Avents.

Louis. Quel âge avait le roi?

M. Nerval. Onze ans à peine.

On dit qu'il avait la taille svelte et élancée, que son
teint était blanc et uni, que sa longue chevelure
blonde et partagée sur le front tombait en larges bou-
cles sur ses épaules, qu'un sourire de bonté ne quittait
point ses lèvres. Les vieux barons de France, qui
avaient encore présente à la mémoire Isabelle de
Hainaut, première femme de Philippe-Auguste,
pleuraient d'aise et d'espérance en retrouvant
sur l'aimable visage du royal adolescent les beaux
traits de la descendante des grands rois carlovin-
giens.

Louis. Le peuple accueillit-il Louis IX avec la même
allégresse que Louis VIII?

M. Nerval. Le souvenir du père empêchait de se
réjouir de la venue du fils en deuil. Un instant, le peuple avait acclamé; mais on avait surpris des larmes
dans les yeux de l'orphelin, et un religieux silence
domina la multitude accourue de toutes parts pour
saluer le noble prince.

Le jeune Louis se fit remarquer pendant toute la

cérémonie du sacre par sa douce et ardente piété ; il
comprenait, malgré la faiblesse de son âge, la grandeur des obligations qu'il contractait envers Dieu et
son peuple.

Le lendemain du sacre, Louis IX se rendit en pèlerinage à Corbigny et à Saint-Marcel, où il communia.
Il rentra ensuite dans sa capitale, où tout divertisse-
ment profane avait été interdit.

L'onction sainte, ce lien regardé comme indissolu-
ble entre le souverain, ses grands vassaux et ses peuples, en brisant des prétentions directes à la couronne,
ne détruisit pourtant qu'en partie celle des princes du
sang à la régence. Ils s'unirent plus étroitement sous
leurs chefs principaux : Pierre de Dreux, Mauclerc,
comte de Bretagne, Hugues de Lusignan, comte de la
Marche, et Thibaut, comte de Champagne. Ils firent
de grands projets ; mais la régente déjoua tous leurs
plans en détachant habilement le comte de Champagne de la ligue et en surprenant les deux autres avant
l'achèvement de leurs préparatifs. Elle les contraignit
à prêter serment.

Peu de mois après, Pierre Mauclerc et Hugues de
Lusignan apprirent que Louis, escorté d'un petit nombre de gentilshommes à cheval, et se dirigeant vers
un rendez-vous de chasse, allait traverser la forêt
d'Orléans. A cette nouvelle, oubliant la foi jurée, ils
ne songèrent plus qu'à s'assurer de la personne du
monarque. Ils n'avaient, disaient-ils, garde de lui mal
faire, mais voulaient seulement le séparer de sa mère
afin de dicter à leur tour des conditions.

Ils placèrent donc entre Etampes et Corbeil, par où
Louis devait passer, une forte embuscade d'hommes
d'armes.

Revenant d'Orléans, le jeune roi allait tomber entre leurs mains, quand il se vit soudain entouré de Champenois.

— Il n'y a point un instant à perdre, dit Thibaut qui les commandait. Sire, ayez foi en mon honneur, suivez-moi.

Et il entraîna le jeune monarque jusqu'à la tour de Montlhéry, cette forteresse que Philippe Ier s'était « envieilli à combattre et à assaillir. »

Blanche, avertie aussitôt, vola près de son fils, et le comte de Champagne lui dévoila le complot qu'il avait si heureusement surpris.

Cependant le bruit du danger que courait le roi se répandit bientôt dans la capitale. Tout Paris se leva alors comme un seul homme; chevaliers, bourgeois, artisans, paysans, les uns armés de pied en cap, les autres portant des fourches, des faulx, des pieux, des pioches, des bâtons. Des vieillards, des femmes, des enfants se joignirent à eux, et cette armée bizarre s'étendit des portes de la capitale jusqu'aux remparts de Montlhéry.

Ce fut entre deux haies de ces phalanges populaires que le monarque et sa mère regagnèrent Paris aux cris mille fois répétés : — Bonne vie et longue au roi ! que Dieu le garde de ses ennemis !

Frappés de l'espèce de miracle auquel Louis devait son salut, les partisans des princes ligués, que Blanche de Castille ne crut pas devoir poursuivre, ne purent s'empêcher de se répéter les uns aux autres : — La main de Dieu est voirement sur ce jeune roi !

Louis. Ah ! je respire !

J'espère, mon papa, que ces méchants princes se

tinrent désormais tranquilles et n'entreprirent plus rien contre la régente et le jeune monarque.

M. NERVAL. Il fallut, pour les soumettre, employer la force des armes.

Apprenant que Mauclerc armait de toutes parts : « Comte, lui fit écrire Blanche par Louis IX, venez tôt avec moi ou contre moi. » Mais comme il ne répondit pas, elle entre aussitôt en campagne avec son fils et une armée considérable. On se dirigea sur Bélesme, l'un des principaux boulevards de la rébellion. Ce fut là que saint Louis fit ses premières armes.

LOUIS. Louis et la régente triomphèrent, n'est-ce pas, mon papa, et le comte de Bretagne se soumit ?

M. NERVAL. Louis IX remporta complète victoire et Mauclerc jura encore obéissance.

Moins de deux ans après, il oubliait son serment, et il fit recommencer la guerre. Puis les princes ligués voulurent se venger de la fidélité de Thibaut à la cause royale, et ils envahirent la Champagne : nouvelle guerre pour notre monarque, qui ne devait pas laisser accabler son vassal; nouveau triomphe aussi : la main de Dieu était voirement sur ce jeune roi !

Louis IX avait dix-huit ans. Son instruction était supérieure à celle de tous les princes de son âge; sa ferveur semblait celle d'un saint; ses qualités pour le gouvernement promettaient un grand roi. Blanche de Castille pensa à unir son sort à celui d'une princesse dont tous se plaisaient à redire les touchantes vertus et la douce piété : Marguerite de Provence.

Ce mariage, bientôt arrêté, fut célébré à Sens.

Savez-vous, mes enfants, quelles plus douces jouis-

sances pour le bon jeune roi au milieu des fêtes de
cette union? Distribuer de ses mains royales des aumônes aux indigents, visiter les hôpitaux, prodiguer
des secours et des consolations aux infirmes, et toucher les malheureux malades. — A Dieu ne plaise, disait-il, qu'un seul de mes sujets puisse être affligé dans
tel jour de bonheur!

Avouons, mes amis, que nous, nous nous soucions
bien peu des autres quand nous sommes heureux :
nous cherchons même à éloigner de nous la vue des
souffrances et de la misère.

C'était la digne mère du pieux roi, Blanche de Castille, qui lui avait appris à être charitable, à aimer les
pauvres, à leur faire partager ses joies. Les jours
de fêtes, elle conduisait ses enfants au milieu des affligés avec cette douce, cette sainte parole : — Vous serez plus heureux si vous répandez le bonheur autour
de vous.

A dater de l'époque de son mariage, Louis, voulant
mener une vie plus sérieuse, abandonna presque totalement les divertissements et les jeux qu'il s'était
permis quelquefois ; il retrancha sa dépense en chiens,
en vénerie, et s'interdit tout luxe de meubles et
de vêtements; sa jeune compagne apportait aussi
dans les palais de France ce même goût de noble simplicité, qui n'exclut pas la magnificence que réclame
le trône.

Ayant accompli sa vingt-unième année, Louis fut
solennellement déclaré majeur, et tous les actes se
publièrent désormais sous son seul nom. Cependant
ils ne subirent que cette seule modification; la politi-
que de la régente se perpétua dans le monarque;
Blanche continua à faire partie du conseil, et la

4

même système de prudence, de conciliation, de justice, de fermeté, ne cessa pas de présider aux desti-
nées de la France.

Je ne vous raconterai pas, mes enfants, une nouvelle révolte du méchant Pierre de Dreux et les indi-
gnes procédés de Thibaut de Champagne ; j'en arrive-
rai de suite à un voyage de Vincennes, où le roi tenait
sa cour, de Beaudoin II de Courtenay, empereur de
Constantinople.

Beaudoin venait solliciter des secours contre Jean-
Ducas Vatace, empereur de Nicée, son compétiteur au
trône d'Orient. Louis et Blanche de Castille accueillirent à bras ouverts leur jeune parent et ne se conten-
tèrent pas de stériles témoignages d'affection ; ils lui
firent restituer, avec le manoir de Courtenay, tous les
fiefs possédés jadis par sa famille et passés depuis dans
le domaine royal. De plus, le roi de France lui avança
une somme considérable.

Pénétré de reconnaissance : — Sire, dit le jeune empereur à Louis IX, apprenez que, réduits à la dernière extrémité, mes barons, du consentement de tous
les seigneurs et chefs français, viennent de s'accorder
à engager aux Vénitiens, moyennant 13,134 hiperpères (environ 58,000 francs), le plus précieux des
trésors de Constantinople, puisque la vraie croix en a
disparu... c'est la sainte couronne d'épines, longtemps
au pouvoir des musulmans, enfin recouvrée et conservée dans la chapelle impériale, depuis que sainte
Hélène, allant visiter le Calvaire, à l'âge de quatre-
vingt-quatre ans, la découvrit en même temps que la
plus auguste des reliques. Sire, ajouta Beaudoin, en
exprimant sa douleur à l'idée du traité prêt à se con-
clure, combien je désirerais que ce trésor vous appar-

tint, à vous, mon cousin, seigneur et bienfaiteur, et au royaume de France, berceau de mes aïeux!

Louis, plein de joie, écouta cette offre avec empressement, et désigna aussitôt le frère Jacques et le père André de Longjumeau, de l'Ordre des Frères prêcheurs, pour aller en Orient chercher la sainte relique. Le père André, longtemps supérieur de son couvent à Constantinople, connaissait la sainte couronne; il ne pouvait être trompé.

Les deux moines partirent sur-le-champ faisant diligence; mais, en arrivant à Constantinople, ils trouvèrent qu'un noble vénitien, Nicolas Guérini, ajoutant 400 marcs d'argent à la somme promise par la sérénissime république, était déjà en possession de la relique, qu'il avait fait transporter sur un vaisseau prêt à faire voile pour Venise.

Louis. Ainsi, la sainte couronne était à jamais perdue pour nous?

M. Nerval. La sainte couronne n'était pas vendue aux Vénitiens; on ne vend pas les choses saintes; elle n'était qu'engagée. La relique n'eût appartenu à Venise que si les barons impériaux n'eussent rempli, avant la fête de la saint Gervais et saint Protais ensuivante, les engagements contractés, c'est-à-dire le remboursement des 13,134 hiperpères.

Louis. Pourquoi le père André ne dégagea-t-il pas immédiatement la sainte couronne?

M. Nerval. Il n'apportait que la somme stipulée avant l'offre de Nicolas Guérini.

Elisabeth. Que firent les bons pères?

M. Nerval. Frère Jacques retourna auprès de Louis IX pour lui rendre compte de ce qui se passait et prendre ses instructions. Le père André obtint l'autorisation de se joindre aux ambassadeurs orientaux et aux nobles vénitiens chargés de transporter provisoirement la sainte relique dans les trésors de la chapelle de Saint-Marc, à Venise.

Prévenu de ces circonstances, Vatace arma plusieurs galères dans l'espérance de s'emparer de la sainte couronne; mais une protection qui parut toute divine veilla sur le bâtiment chargé du précieux dépôt. Les pieux voyageurs rendirent aussi grâces au ciel, comme d'un second miracle, de ce qu'il n'était pas tombé une seule goutte de pluie tout le temps de la traversée, malgré la mauvaise saison.

Peu après, le bon père André fut rejoint à Venise par le bon frère Jacques, qui apportait l'acte de donation, à la cour de France, de l'insigne relique de Constantinople. Les deux religieux ne songèrent plus alors qu'à se remettre en route; mais, retenus par des vents contraires, ils ne purent s'embarquer qu'à la fin du printemps suivant.

Louis ayant reçu avis de leur arrivée, alla au-devant d'eux avec les reines Blanche et Marguerite, ses frères, un grand nombre d'évêques et les premiers seigneurs du royaume.

Le cortège royal rencontra les religieux à Villeneuve-l'Archevêque, à cinq lieues de Sens. Là eut lieu une pieuse cérémonie. L'un des prélats brisa les scels du coffre qui contenait la relique, en sortit la châsse d'argent, puis le vase d'or, enfin la sainte couronne. Les assistants, fondant en larmes, se prosternèrent la face contre terre pour adorer.

ÉLISABETH. *Adore-t-on* donc la sainte couronne?

M. NERVAL. Oui, ma fille; nous adorons la sainte couronne, la croix et les insignes de la Passion, parce qu'ils ont été baignés, imbibés du sang de l'Homme-Dieu.

Le lendemain, le roi et ses frères, vêtus d'une simple tunique de laine blanche et pieds nus, portèrent la relique de Villeneuve à Sens, où il y eut une seconde cérémonie.

Après ces solennités, Louis repartit pour Vincennes, où la sainte couronne fut provisoirement transportée au milieu d'un grand concours de peuple.

Le vendredi 20 août, fut célébrée la fête de la Présentation de l'inestimable trésor dans l'église de Notre-Dame de Paris.

Prends ce livre, mon fils, et lis-nous ce qu'un pieux auteur nous dit de cette fête.

« Tous les moines du moustier royal de Saint-Denis, des deux abbayes de Saint-Germain, tous les ordres religieux attendaient la couronne d'épines à l'entrée du bois de Vincennes, et, dès l'aurore, les sombres allées retentirent de psaumes sacrés, d'antiennes, de saints cantiques. On ne voyait que bannières flottantes, croix d'argent, torches flamboyantes, châsses dorées, défilant en ordre le long de la forêt jusqu'à la porte Saint-Antoine, où se dressait une vaste estrade, couverte de tentures soie et or. Les princes, en riches vêtements, les prélats, en habits pontificaux, mitre en tête, crosse en main, en montèrent les marches, portant le coffre et le vase d'or. Un des évêques découvrit alors la couronne du Rédempteur et la montra aux assistants agenouillés, qui, pressés les uns contre les autres, faisaient le signe de la croix et poussaient des cris d'allégresse. Le roi et ses trois frères, toujours pieds nus et en tunique, renfermèrent le vase d'or dans sa châsse d'argent et le portèrent sur le maître-autel de Notre-Dame. En ce moment, messire Guillaume, chantre de Saint-Denis, entonna le *Salve Regina* « avec telle voix, et de telle manière, dit une chronique du temps, que ceux qui l'ouïrent furent ébahis et émerveillés. » Après la cérémonie d'actions de grâces, le monarque et les fils de France accompagnèrent encore la relique et la déposèrent dans la chapelle de Saint-Nicolas, bâtie par Louis-le-Gros.

ÉLISABETH. Je croyais, mon papa, que la Sainte-Chapelle avait été fondée par saint Louis pour renfermer la sainte couronne et d'autres reliques données à la France par les Latins.

M. NERVAL. Oui, ma fille, mais ce projet de saint Louis, d'élever un sanctuaire digne de renfermer de tels trésors, ne reçut son accomplissement que dix ans plus tard.

LOUIS. Et l'architecte de la Sainte-Chapelle?

M. NERVAL. Pierre de Montrueil ou de Montereau.

LOUIS. Mon papa, il me semble que vous nous avez dit un jour que l'abbaye de Saint-Denis possédait, dès le temps de Charles-le-Chauve, l'un des clous qui ont servi à la passion du Sauveur?

M. NERVAL. Oui, mon fils, et cette relique amenait chaque année au moustier royal un grand concours de pèlerins. On ne la sortait de sa châsse que le 9 octobre, jour de saint Denis.

On raconte qu'en 1223, pendant la régence de Blanche de Castille, le bon moine chargé de présenter aux fidèles le saint clou à baiser, se trouva, après plusieurs heures, accablé d'une telle lassitude qu'il ne vit point que le fer sacré s'échappait du reliquaire

en vermeil. Une femme du peuple nommée Ermen-
garde, sentant tomber sur son pied quelque chose de
lourd, pensa que c'était un morceau d'or ou d'argent.
Elle le saisit avec empressement et le cacha avec soin.
A peine hors du sanctuaire, elle reconnut le saint
clou. Pleine d'effroi, elle courut à la Seine pour y jeter son larcin, mais une force surnaturelle retint sor
bras.

Cependant le moine s'apercevant qu'il n'avait plus
la relique, la chercha vainement. La nouvelle se répandit et la consternation régna dans toute l'église,
dans tout Saint-Denis, dans toute la France. — Ah!
biau sire Dieu, s'écria le jeune roi, aimerais mieux
avoir perdu une des bonnes cités du royaume!...
La régente fit publier à son de trompe que quiconque ferait découvrir le saint clou, l'eût-il dérobé lui-
même, aurait la vie sauve et recevrait cent livres d'argent.

Tandis que l'affliction remplissait tous les cœurs et
que chacun tremblant d'effroi s'attendait à quelque
catastrophe, la sainte relique, passant de main en
main, arrivait à l'abbé de Saint-Val, près de Pontoise.

Impossible de redire l'allégresse du saint roi, de sa
pieuse mère et des fidèles, quand ils purent de nouveau presser de leurs lèvres brûlantes d'amour divir
le trésor qu'ils avaient cru à jamais perdu!

Ah! mes enfants, qu'il y a loin de notre foi si chan-
celante à cette véritable foi, à cette foi vive et sincère du moyen-âge! Enfants des saints, nous n'a-
vons point hérité de la piété de nos pères. Demandons-
la à Dieu, cette piété, et, avec elle, nous aurons le
bonheur!

La brillante expédition de Guyenne, qui s'était terminée par les glorieuses victoires de Taillebourg et de Saintes, avait à jamais illustré le nom de Louis IX et affermi sa puissance, mais elle avait gravement compromis la santé du monarque : sans cesse à cheval pendant cette campagne, couchant en plein air, dormant sur la dure, le premier levé dans le camp, exposé tout le jour à l'ardeur du soleil, il n'avait jamais voulu manquer une seule fois à ses exercices habituels de dévotion, ni modérer ses rigoureuses abstinences ; s'il revenait du combat et de ses tournées militaires, au lieu de prendre un repos indispensable, il demeurait des heures entières agenouillé devant un crucifix. Aussi, à son retour dans la capitale, l'altération visible de ses traits n'avait échappé à personne. Le triste état de la chrétienté dans l'Orient et au nord de l'Europe, et les succès toujours croissants des Tartares achevèrent de lui porter un coup fatal.

La cour était à Pontoise, un des séjours favoris du roi, quand d'affreuses nouvelles, adressées à la reine Blanche, arrivèrent de Rome : les Turcs et les Tartares s'étaient portés en masse sur les lieux saints, ils avaient massacré tous les chrétiens avec une cruauté inouïe. « L'Eglise est en telle extrémité, terminait le Saint-Père, que depuis que le monde fut créé, ne fut oncques (jamais) en telle tribulation. »

Blanche courut à son fils. Louis affecta un grand calme et chercha à rassurer sa mère.

Mais on ne tarda pas à s'apercevoir de l'effet produit sur le monarque par ces désastreux événements. Il prit le lit, et son état devint en peu de jours si grave qu'il toucha bientôt à toute extrémité et qu'on n'attendit plus que le moment suprême.

Dire la consternation et la douleur qui se répandirent dans la France entière, ce serait impossible. Mais si les moyens humains étaient épuisés, toute lueur d'espérance ne pouvait être encore éteinte dans des cœurs pénétrés de la foi la plus ardente et la plus sincère. De toutes parts on remplissait les églises, on assiégeait les autels : ce n'était, sur les divers points du royaume, que prières et sanglots.

Le peuple demanda d'une seule voix que l'on portât à Pontoise les précieuses reliques de la Sainte-Chapelle et qu'on les fît toucher au royal agonisant. L'évêque de Paris lui-même se rendit à ce vœu ; il vint à pied processionnellement, avec tout son clergé, avec une foule de fidèles, déposa la sainte couronne sur le lit... Le prince était en proie à un affreux délire, Soudain il retomba épuisé, ne rouvrit plus les yeux... Les mires et les physiciens s'écrièrent : C'en est fait !

ÉLISABETH. Oh ! mon Dieu, le voilà mort !

LOUIS. Il ne peut être mort, puisque j'ai lu dans mon histoire qu'il alla deux fois en Terre-Sainte : papa ne nous a pas encore raconté ses croisades.

M. NERVAL. Les salles du château retentirent de sanglots, de gémissements, de cris de désespoir, et Paris fut plongé dans le deuil.

ÉLISABETH. Et la pauvre Blanche? et l'infortunée Marguerite?

M. NERVAL. On était parvenu à les arracher de l'appartement du monarque, et elles priaient et pleuraient, dans les bras l'une de l'autre, au pied du crucifix.

Deux dames du palais veillaient seules auprès du lit funèbre. L'une d'elles s'approcha, tremblante, pour voiler le visage du défunt, quand Louis ouvrit soudain les yeux, comme s'il s'éveillait d'un profond sommeil, et dit avec calme et bonheur : — La lumière de l'Orient s'est répandue sur moi du haut du ciel. La grâce du Seigneur me rappelle d'entre les morts. Beau sire Dieu, soyez béni et recevez le serment que fais de me croiser.

ELISABETH. Mon Dieu ! quel bonheur pour tous ! Mon papa, c'était un véritable miracle.

M. NERVAL. Pendant le premier moment, ce fut en effet une joie telle qu'on n'en avait jamais vue. Mais quand Louis répéta son vœu d'aller en Terre-Sainte, le deuil remplit de nouveau tous les cœurs. — Non, cher fils, pour l'amour de notre Rédempteur, dit Blanche de Castille, attendez que soyez entièrement guéri. Alors, agirez comme bon vous semblera... L'épouse se joignit à la mère pour prier le monarque ; l'évêque de Paris, tous les assistants, se joignirent aux deux femmes éplorées. Mais Louis, les regardant tous d'un air suppliant et majestueux : — Sachez-le, dit-il, ne porterai boisson ni aliment à mes lèvres que n'aie à l'épaule la croix d'outre-mer. Or, sire évêque, la requiers de nouveau.

Il fallut bien obéir.

Quand il eut cette croix, il la pressa avec ardeur sur ses lèvres, sur son cœur, et s'écria d'une voix forte : — Sachez de vrai que je suis guéri.

Il était, en effet, parfaitement guéri.

Louis commença immédiatement les préparatifs de croisade.

Mais les seigneurs français, qui avaient d'abord ac-

cueilli avec enthousiasme la nouvelle d'une expédition
en Terre-Sainte, se relâchèrent bientôt de leur sainte
ardeur; ils hésitèrent à prendre la croix. Louis s'avisa
d'un singulier moyen pour grossir le nombre de ses
compagnons d'outre-mer.

« Il était d'usage immémorial, à la cour de France,
de même qu'en d'autres palais et souverainetés, qu'aux
grandes fêtes de l'année, comme aussi aux parlements
et cours plénières, le roi distribuât de sa main aux
bannerets et chevaliers des capes ou robes en riche
étoffe fourrée. On les appelait *livrées*, parce que le
monarque les donnait ou les livrait lui-même. Or, on
touchait aux solennités de Noël, et Louis, sous divers
prétextes, retint à Paris les membres du parlement
féodal. Il avait ordonné d'avance de préparer un plus
grand nombre de capes, d'un drap très fin, garnies de
menu-vair, plus belles qu'à l'ordinaire. La veille de
la fête, il y fait secrètement attacher ou broder, à la
place de l'épaule, de très longues croix en or et en
soie; puis, dans le courant de la soirée, avant de se
rendre à la messe de l'aurore, il distribua ces livrées
aux chevaliers signalés comme contraires à la croisade; fiers de cet honneur, il s'en revêtent et accom-
pagnent le prince à la chapelle du palais; cependant,
à la lueur des flambeaux et des lampes, qui se mêle
aux premiers rayons du jour et fait briller les croix,
ils découvrent l'innocent stratagème dont s'est servi
leur maître. Mais, loin de se dédire, les chevaliers se
déclarent alors croisés de cœur et d'âme, et, au sortir
de la messe, ils accourent tous ensemble devant le monarque, le félicitant de ce beau coup de filet qui va-
lut longtemps à Louis la renommée de s'être montré
tellement adroit pêcheur d'hommes. »

Prêt à quitter un royaume pour marcher sur les ter-
res de tant de princes chrétiens, Louis ne voulut confier à personne le soin de s'assurer que rien ne pourrait troubler la paix dont jouissait la France, et que
les lois y seraient fidèlement exécutées. Il parcourut
donc plusieurs provinces de son royaume ; de précieuses améliorations en diverses branches de la législa-
ture, la répression d'un grand nombre d'abus, un concert unanime de bénédictions, tels furent les résultats
de ce voyage.

Ces excursions au sein du royaume donnèrent à
Louis la possibilité de visiter la plupart des monastè-
res, des églises, des solitudes consacrées à la religion : ainsi Cluny, Citeaux, Roc-Amadour, etc.

ÉLISABETH. Où est donc Roc-Amadour, mon
papa ?

M. NERVAL. Non loin de Narbonne.

ÉLISABETH. C'était un monastère ?

M. NERVAL. Un monastère de femmes construit au
sommet de rochers qui eussent été inaccessibles sans
les degrés creusés dans la pierre.

LOUIS. Mon papa, quelle idée d'aller fonder un couvent en tel lieu !

M. NERVAL. Ce lieu avait été sanctifié par le séjour
d'un pieux solitaire, le Zachée de l'Ecriture, assure-
t-on.

ÉLISABETH. J'avais pensé que ce nom de Roc-Amadour voulait dire rocher de Saint-Amadour ; quel rap-
port entre ce nom et le nom de Zachée ?

M. NERVAL. Zachée, d'abord époux de sainte Véro-
nique, dit-on, était devenu évêque d'Auxerre sous le
nom d'Amateur : de saint Amateur est venu, par corruption, saint Amadour.

L'attention pieuse de saint Louis et de son auguste mère fut particulièrement attirée à Roc-Amadour par la cloche sans corde, sans chaîne, et qui sonnait d'elle-même, disait-on, quand l'Etoile de la mer venait au secours de quelque malheureux battu par la tempête.

On raconta aussi à nos pèlerins une charmante légende : Un bon et illustre ménestrel était venu vieller devant l'image de Marie ; Pierre de Kergelard était son nom. Il demanda pour récompense un des cierges brûlant sur l'autel, et tandis qu'il viellait, un des cierges vint à trois reprises se placer sur sa vielle, et ce devant un concours de peuple ébahi. Alors, chacun s'écria :·

> Sonnez, sonnez !
> Plus biau miracle n'advint mer.·

Le vendredi après la Pentecôte, 12 juin 1213, avait été fixé pour le départ des croisés. Le roi, ses frères, et les plus nobles chevaliers du royaume, se rendirent dès le matin à Saint-Denis. Ils se mirent en oraison et reçurent la bénédiction du saint clou ; puis l'abbé remit au royal pèlerin « la gibecière ou mollette, » l'écharpe croisée, le bourdon et l'oriflamme.

Louis. Je sais bien, mon papa, que l'oriflamme était la bannière des rois de France ; mais, d'où ce nom, *oriflamme* ?

M. Nerval. Le nom populaire de cet étendard lui était venu des flammes brodées en or qui parsemaient son étoffe de soie verte : or y flambe ; de là, or y flamme, oriflamme.

5

Louis. Encore une question, mon papa : pourquoi ce nom de *bourdon* donné au bâton des pèlerins ?

M. Nerval. Pour signifier que le bâton du pèlerin, le pèlerin voyageant à pied, lui tenait lieu d'un mulet, qu'on appelait aussi un bourdon.

De Saint-Denis, le monarque, pieds nus, le bourdon en main, l'écharpe au col, se dirigea vers la basilique de Notre-Dame de Paris, où les évêques réunis chantèrent la messe, et où il fit ses dévotions.

Pendant ces diverses cérémonies, ce n'étaient, de toutes parts, que gémissements et sanglots. Les croisés seuls montraient un visage serein et une contenance assurée.

Au sortir de la métropole, le roi alla, encore nu-pieds et accompagné des deux reines, de toute sa cour, de tout son peuple, jusqu'à l'abbaye de Saint-Antoine-des-Champs, où il revêtit son armure et s'élança sur son cheval de bataille. Alors il salua son peuple de la main et du regard, et mêla ses pleurs à ceux de tous. Puis, se plaçant à la tête des croisés, il s'achemina vers Corbeil, où il devait passer la nuit.

Louis. Qui devait gouverner le royaume en l'absence du monarque ?

M. Nerval. La sage reine-mère, Blanche de Castille.

Elisabeth. Et Marguerite ?

M. Nerval. Marguerite s'était croisée avec son époux.

Elisabeth. Blanche de Castille reçut-elle les adieux de son fils à l'abbaye de Saint-Antoine-des-Champs ?

M. Nerval. Elle avait réclamé comme une faveur de l'accompagner jusqu'à Corbeil. A Corbeil, elle voulut aller jusqu'à Cluny, puis à Lyon; puis, ne pouvant se résoudre à la « despartie, » elle s'embarqua avec lui sur le Rhône. Ce ne fut que près d'Avignon que le bon roi la décida enfin à la séparation, séparation bien affreuse pour la pauvre mère, qui avait au cœur le funeste pressentiment de ne jamais revoir ce fils tant aimé.

Louis attendit à Aigues-Mortes l'arrivée de tous les seigneurs français croisés.

Enfin, le vendredi 28 août, la flotte mit à la voile par le plus beau temps du monde, et au chant solennel du *Veni, Creator*, que répétaient les croisés, agenouillés pieusement sur leurs nefs.

Nul événement important ne signala la traversée d'Aigues-Mortes en Chypre.

Louis. N'allait-on pas de suite en Palestine?

M. Nerval. Le roi devait passer l'hiver en Chypre pour attendre d'autres croisés. Il avait résolu, d'ailleurs, de ne point commencer l'expédition en Terre-Sainte, mais en Egypte, d'où les Sarrasins tiraient tous leurs secours.

Pendant cette traversée, de France en Chypre, se déploya dans toute sa grandeur la tendre charité du pieux monarque. Rien n'était comparable à sa sollicitude envers les marins malades; il les soignait de ses propres mains. Rien, non plus, n'était comparable au soin qu'il prenait des âmes de tous ceux qui l'entouraient. Trois fois par semaine il réunissait l'équipage sur le tillac et faisait instruire les matelots des vérités de la foi. — Ne craignez pas, leur disait-il; si le vaisseau a besoin de votre service, je prendrai vo-

tre place avec joie et mettrai volontiers la main à la
manœuvre, tandis que vous serez occupés à vous nour-
rir de la céleste parole de Dieu.

Le 16 mai 1249, on remit à la voile pour l'Égypte,
et quinze jours après, l'on apercevait la forte ville de
Damiette.

Toutes les forces sarrasines semblaient s'être con-
centrées sur la plage. Les croisés s'effrayèrent et parlèrent d'ajourner le débarquement. — Amis, s'écria
Louis IX, un délai serait fatal à notre cause; il accroî-
trait la confiance de nos ennemis, que vous voyez
épiant nos moindres manœuvres, nos propres paroles, pour ainsi dire. Notre hésitation ne saurait leur
échapper. Amis, croyez-moi : le combat, voilà notre
salut. Marchons-y sans craindre et sans tarder.

Les paroles du saint monarque pénétrèrent tous les
cœurs, entraînèrent les esprits : les croisés, d'une
voix unanime, demandèrent la bataille, et le débarquement fut fixé au lendemain matin.

Les heures qui restaient ne furent point consacrées
au repos, mais par tous, à l'exemple du pieux roi, à
la prière, à la préparation à la mort.

Au point du jour, les chevaliers français, Louis IX
à leur tête, s'élancèrent dans des canots, puis, trou-
vant les rames trop lentes au gré de leurs désirs, à la
mer.

Louis toucha le premier au rivage. « Il fait alors
tant d'armes que c'est merveille, et férit par si grande
fureur et hardiesse, que, fort épouvantés, les Sarrasins abandonnent le fort qu'ils venaient défendre et
se mettent en fuite vers la cité de Damiette, et
regardait-on le roi de toutes parts pour son bien-
faire. »

Le premier, aussi, il plante sa lance sur la terre d'Égypte, en s'écriant de toutes ses forces : — Montjoie, Saint-Denis! Montjoie, Saint-Denis!... Des larmes de reconnaissance inondent alors ses paupières ; il se prosterne, frappe sa poitrine, lève les mains et les yeux au ciel, et demeure ainsi quelque temps en oraison.

Sur le soir, les Sarrasins tentèrent un nouveau combat; mais, repoussés sur tous les points, ils abandonnèrent, non-seulement la plage et le fort qui la défendait, mais encore l'importante ville de Damiette, où Louis IX entra sans coup férir.

Louis. Quel beau commencement! Saint Louis eût triomphé des Sarrasins s'il n'eût perdu dans cette ville de Damiette un temps bien précieux.

M. Nerval. Il agissait sagement; il attendait d'un jour à l'autre des renforts que son frère Alphonse devait lui amener de France.

Après de longs retards, Alphonse arriva, mais presque seul; une affreuse tempête avait anéanti sa flotte.

Alors, on marcha sur le Caire en remontant le cours du Nil, et pas un jour, peut-être, ne se passa sans combat. Le plus souvent, les Français étaient vainqueurs.

Louis. Ah! nous voici à la Massoure.

M. Nerval. A la Massoure, Louis remporta un brillant triomphe, mais il ensevelit son frère Robert d'Artois dans sa gloire. Robert s'était laissé entraîner si loin par sa valeur, qu'un seul de ceux qui l'avaient suivi en revint, couvert de blessures, et un œil pendant sur la joue.

Quand on annonça au saint roi la mort de son

frère, il leva les yeux aux ciel, et d'amers soupirs sortirent de sa poitrine. — S'il est mort, dit-il en maîtrisant enfin sa violente douleur, que Dieu lui pardonne ses péchés ! Ah ! oui, je n'en saurais douter, ce cher frère est dans le ciel. Que Dieu soit adoré en toutes choses !

« Et lors, dit la chronique, commencèrent à cheoir grosses larmes de ses yeux à force... Et les seigneurs et barons se trouvaient oppressés d'angoisses, de compassion et de pitié de le voir ainsi pleurer. — Sire, dit l'un des chevaliers, ayez bon courage, car jamais roi de France n'eut si grand honneur : avez passé une rivière à la nage pour combattre les ennemis, les avez déconfits et chassés de leur camp; vous êtes emparé de leurs engins, même de leurs tentes, dans lesquelles coucherez cette nuit. — Dieu soit loué de toutes choses et de tout ce qu'il a fait ! répondit le monarque d'une voix de plus en plus étouffée; et il se tut, suffoqué d'angoisses et ne pouvant retenir les larmes qui jaillissaient de ses yeux. »

ÉLISABETH. Ainsi, ce ne fut point à la Massoure que saint Louis fut fait prisonnier?

M. NERVAL. Tandis que son frère tombait victime de son ardeur au combat, Louis remportait, je vous l'ai dit, un brillant triomphe. Ce triomphe fut suivi d'une victoire plus belle encore. — Nous devons de grandes actions de grâces à notre Seigneur Jésus-Christ pour les deux honneurs qu'il nous accorde dans la même semaine ! dit le roi à ses barons.

LOUIS. Tout allait bien.

M. NERVAL. Oui, mais saint Louis s'était engagé trop avant dans le pays.

Tandis qu'il marchait encore en avant, Touran-Schah, qui gouvernait en Mésopotamie, arriva soudain en Egypte, où l'appelait au pouvoir la mort de son père, Nedjin-Eddin, tomba sur la flotte française, dont il fit massacrer presque tous les matelots, et coupa les communications entre l'armée des croisés et Damiette.

Louis. Ah ! mon papa, ils sont perdus !

M. Nerval. Ces désastreuses nouvelles arrivèrent au camp au moment où une affreuse épidémie, une sorte de peste, décimait l'armée.

Elisabeth. Encore une occasion pour le bon roi d'exercer sa tendre charité ! Je suis sûre, mon papa, qu'il soignait les malades.

M. Nerval. Oui, ma fille ; mais le mal l'atteignit à son tour.

Cependant l'armée apprenant ce qui se passait, revint sur ses pas. Les Sarrasins la poursuivirent, la harcelant sans cesse. On gagna Minieh. Le roi, fort malade, fut descendu sans force de son destrier et déposé mourant entre les bras d'une bonne bourgeoise de Paris qui avait suivi son mari à la croisade.

Elisabeth. Et ce fut là qu'il fut pris par les Sarrasins?

M. Nerval. Oui, ma fille, et, avec lui, ses frères et les premiers chevaliers du royaume.

Elisabeth. Mon papa, le garda-t-on à Minieh?

M. Nerval. Non, on le conduisit à la Massoure, où il fut enfermé, les mains liées par une forte chaîne de fer, dans une salle basse, sorte de cachot n'ayant qu'une petite fenêtre grillée.

ELISABETH. Il était fort mal quand on l'avait pris : ne mourut-il pas?

LOUIS. Oh! petite sœur, que tu es oublieuse! Nous avons lu dans mon histoire que saint Louis revint en France, qu'il entreprit ensuite une seconde croisade.

M. NERVAL. Louis, soigné par les Sarrasins, qui lui firent prendre des breuvages d'une vertu merveilleuse, revint à la santé et se fit admirer dans ses fers par une sublime résignation. Il avait mis sa confiance dans le Dispensateur de toutes choses; rien ne put l'abattre. On dit que dans son cachot il était en oraison continuelle. Quand on lui permit de se promener un peu à l'air libre, ses regards ne quittaient point le ciel; peut-être le saint s'entretenait-il déjà avec les anges.

Cependant Touran-Schah hésitait à mettre ses prisonniers à mort. Ses émirs lui conseillèrent d'en tirer plutôt une bonne rançon.

LOUIS. Mon papa, me permettez-vous de raconter un peu à mon tour?

M. NERVAL. Tu ne peux douter du plaisir que j'aurai à t'entendre.

LOUIS. Un émir vint proposer à saint Louis de payer deux cent mille besans d'or pour sa rançon. — Payerai très volontiers cette somme pour ma gent, répondit le prince. Mais Damiette seule sera ma rançon; un roi de France ne se rachète point avec de l'or.

Le traité allait être conclu. Mais on exigea de saint Louis un serment qui eût été un blasphème, et toutes négociations furent rompues.

M. NERVAL. Ce fut en cette circonstance que notre

pieux monarque dit cette admirable parole : — Mon corps est au pouvoir de ces hommes; qu'ils le mettent en pièces... en sont maîtres. Quant à l'âme, sont sans puissance sur elle ; que je meure donc à cette heure plutôt que de vivre dans le courroux de Dieu et de sa benoîte mère.

Les Sarrasins le menacèrent de lui couper la tête ou de le crucifier. — Suis prisonnier du sultan, dit-il avec calme; je répète, peut faire de mon corps à son vouloir... Puis, levant les yeux au ciel : — Vous seul, ô Dieu, s'écria-t-il, êtes assez grand maître pour mériter d'être servi lors même qu'accablez ceux qui vous servent.

Les Sarrasins renoncèrent à leur lâche projet.

On en était là quand une grande révolution se consomma en un instant en Egypte : Touran-Schah fut renversé et mis à mort. Le sultan Scheger-Eddor prit le sceptre.

L'un des émirs qui avaient le plus contribué à cette révolution, Octaï, se présenta devant saint Louis, le cœur saignant de Touran à la main.

— Que me donneras-tu, s'écria-t-il en s'adressant au roi, pour t'avoir délivré de l'ennemi qui t'eût fait mourir s'il eût vécu?

Le monarque, sans répondre, détourna les yeux avec dégoût et indignation.

— Tu périras, ajouta Octaï, si tu ne m'armes chevalier sur l'heure.

— Fais-toi chrétien, dit le roi.

Les barons effrayés supplièrent le monarque.

— Non, non, répondit Louis; jamais, s'il n'abjure sa foi.

Sublime empire d'une haute vertu ! Octaï n'insista plus, salua respectueusement et se retira.

Louis. On conclut enfin le traité, n'est-ce pas, mon papa ?

M. Nerval. Oui, mon enfant. Louis IX rendit Damiette pour sa rançon, paya la somme stipulée pour ses gens et quitta l'Egypte pour saint Jean-d'Acre.

On dit qu'il s'était montré si grand dans les fers, que les Sarrasins l'avaient invité à régner sur eux.

Réuni, à Acre, à la reine et à ses deux serviteurs, et entouré de consolations, Louis recouvra bientôt une santé parfaite. Son désir de délivrer la Terre-Sainte en devint plus ardent, et il résolut de ne point quitter la Palestine qu'il ne l'eût entièrement affranchie du joug des infidèles. Il fit donc exécuter d'importants travaux de défense à Acre, à Césarée, à Jaffa, à Sidon. Ces travaux ne durèrent pas moins de trois ans.

Elisabeth. Mon papa, n'accomplit-il pas, durant ces trois ans, quelque pèlerinage aux lieux saints ?

M. Nerval. Oui, au mont Thabor et à Nazareth.

Elisabeth. N'alla-t-il point à Jérusalem ?

M. Nerval. Jérusalem était alors au pouvoir des musulmans. La conscience du saint roi lui disait qu'il ne pouvait entrer dans la ville sainte autrement que les armes à la main et victorieux des infidèles. Néanmoins, son désir de prier au tombeau du Christ était si grand qu'il consulta ses barons. — Sire, répondit l'un d'eux, le plus grand roi de la chrétienté peut-il franchir les remparts de Jérusalem s'il n'a totalement délivré la Terre-Sainte? Se trouverait-il après lui un seul prince qui voulût se croiser de nouveau pour tenter cette conquête? comme à vous, un simple pèlerinage leur suffirait.

Saint Louis ne vit point la ville sainte.

Il était à Sidon quand lui arrivèrent de France les fâcheuses nouvelles de la révolte et des excès des Pastoureaux.

Louis. N'est-ce pas, mon père, ces Pastoureaux étaient des bergers, des gens de la campagne qui, ayant appris la captivité de saint Louis, s'armaient pour courir au secours du roi de France?

M. Nerval. Telles étaient bien les promesses des chefs de ces malheureux, mais leur unique but était de soulever le peuple contre la régente. Blanche de Castille croyant fermement qu'ils voulaient marcher en Egypte, les protégea d'abord; puis, voyant leurs excès et leurs brigandages, elle fut forcée de les combattre. Le chef, Jacob, fut massacré dans le Berry; ses sectateurs se dispersèrent.

Une autre nouvelle plus fatale vint trouver le roi à Sidon.

Un jour, Louis vit arriver à son palais le cardinal-légat, le chancelier et son confesseur. Surpris du bouleversement de leurs traits, le saint roi les introduisit dans sa chambre, puis les mena dans sa chapelle : un secret pressentiment lui disait au cœur que quelque amer chagrin l'attendait.

Odon de Château-Raoul, prenant la parole, commence par énumérer au prince toutes les grâces dont le Seigneur l'a comblé... Mais bientôt, il ne peut continuer, et la fatale nouvelle lui échappe. — Ah ! sire, avez perdu la plus sage, la plus sainte mère qui fut jamais !... Le roi se précipite le visage contre terre, des sanglots brisent sa poitrine, et, les mains jointes, il s'écrie : — Il est vrai, ô très cher père Jésus-Christ, j'aimais ma mère sur toute créature de ce siècle mortel. Il est bien vrai. Mais que votre saint nom soit béni !

Il commença alors une oraison qui dura plusieurs heures.

Louis IX parut longtemps inconsolable. Ce n'était qu'aux pieds de Dieu qu'il retrouvait un peu de calme et de courage. Ses pensées les plus intimes, ses affections les plus tendres, ses souvenirs les plus chers avaient toujours eu sa mère pour objet !

Louis. Ce fut probablement la mort de Blanche de Castille qui engagea le roi à revenir en France ?

M. Nerval. C'était son devoir. Le jeudi 25 avril 1254, il reprit la mer pour se rendre aux vœux ardents de ses sujets.

La navigation fut périlleuse : la nef royale ayant touché sur un banc de sable, non loin de Chypre, et ayant été fortement endommagée, on pressa le roi de monter sur un autre vaisseau avec sa famille. — A Dieu ne plaise ! s'écria-t-il dans son aimable charité. Ma place est celle du danger. Si je quitte ce navire, plus de cinq cents personnes seront débarquées en Chypre et ne pourront peut-être jamais revoir leurs foyers. Mieux vaut nous remettre, la reine, mes enfants, entre les mains de Dieu, que de causer un tel préjudice à tant de gens.

Après dix semaines de navigation, le royal croisé revit enfin la terre de France.

De retour dans ses États, Louis se consacra entièrement à l'administration de son royaume et au bonheur de son peuple. Convaincu que celui qui a compassion du pauvre prête à usure au Seigneur, il s'en-
toura des veuves et des orphelins des chevaliers morts
en Palestine, et étendit sa paternelle sollicitude aux
bourgeois dans la peine, aux artisans, aux paysans,
aux serfs. Les courtisans murmurèrent de ses larges-
ses. — J'aime mieux, leur dit un jour le monarque,
que tel excès soit fait en l'honneur de Dieu, qu'en
luxe et vanité du monde.

Louis. Combien le peuple devait l'aimer !

M. Nerval. C'était de toutes parts un concert de
louanges... Et les inépuisables bienfaits du bon roi
excitaient une reconnaissance d'autant plus vive que
cette munificence ne s'exerçait jamais aux dépens
du trésor public. On savait même que, pour la rendre
plus complète, le prince s'imposait journellement des
économies, des privations et des sacrifices. Ainsi
rien n'était plus modeste, plus frugal que sa table
à l'ordinaire, et plus austère les jours de mortification.

Élisabeth. Mon papa, saint Louis allait-il, comme
ma chère bonne sainte, soigner les malades des hôpitaux?

M. Nerval. C'était sa coutume à Paris à certains
jours de la semaine, et, quand il voyageait, sa première visite dans une ville était pour l'hôpital. Il passait des heures entières à questionner les malades, à
leur prêcher la résignation, à ranimer leur courage
ou leur foi, à panser leurs plaies, car, par humanité,
« il était devenu expert médecin. Il prolongeait quelquefois si longtemps sa visite que les sergents d'ar-

mes de sa suite ne pouvaient endurer ce tableau de
tant d'infirmités humaines, ni les émanations infectes
qui s'exhalaient dans les salles des hospices. Louis,
seul, ne paraissant pas s'en apercevoir, traitait les
pauvres comme une bonne mère ses enfants. »

On raconte que dès que Louis pouvait se dérober aux affaires et aux réceptions, il s'échappait
de sa capitale pour voler à Royaumont, sainte abbaye qu'il avait fondée dès la première année de son
règne.

Louis. Mon papa, vous nous avez déjà parlé
de Royaumont, l'année dernière, mais j'ai tout oublié.

Élisabeth. Petit frère, papa nous a dit que saint
Louis enfant se plaisait à suivre, avec ses frères, les
travaux de Royaumont.

« Les moines, suivant la coutume de Cîteaux, se
mêlaient aux ouvriers, fendaient les pierres et voitu-
raient la chaux et le mortier nécessaires. Louis s'em-
parait aussi de la civière, la portait chargée de moel-
lons et de terre, et exigeait que Charles, Alphonse et
Robert travaillassent comme lui. Ceux-ci, surtout les
comtes d'Anjou et de Poitiers, moins âgés, moins ro-
bustes, moins zélés peut-être, préféraient quelquefois
courir, chanter ou s'ébattre. — Frères, disait-il
alors, les moines gardent maintenant le silence, faisons comme eux. Et quand les princes voulaient se reposer au lieu de traîner la civière :
— Les moines, ajoutait-il, ne se reposent pas, imi-
tons-les. »

M. Nerval. Tu as fort bonne mémoire, Élisabeth.

Louis IX, à cause de ses souvenirs d'enfance, peut-

être, préférait le séjour de Royaumont à celui de toutes les autres abbayes. Il voulait qu'on l'y traitât comme un simple moine; il mangeait au réfectoire, couchait au dortoir, travaillait au jardin. On raconte que sa première action, en arrivant, était de courir à l'infirmerie pour y voir ses chers malades. L'un d'eux, un lépreux, avait son amour de prédilection; Louis lavait ses plaies, les pansait, baisait ses ulcères.
— C'est *mon lépreux*, disait-il avec une délicieuse effusion.

Plus tard, après 1260, un poignant chagrin ramena souvent Louis IX à Royaumont : son fils aîné, l'élève de Blanche de Castille, ce prince qui donnait à son père et au peuple de si légitimes apparences, mort à la fleur de l'âge, à dix-sept ans, dormait de son dernier sommeil dans la chapelle de l'abbaye royale. On lisait sur son tombeau cette épitaphe bien méritée : « Adolescent agréable à Dieu et aux hommes! qui se distingua toujours par la pureté de ses mœurs. »

ÉLISABETH. Quelle douleur pour le bon roi, que la mort de ce fils qu'il devait tant aimer !

M. NERVAL. Une douleur indicible; mais Louis eut la force et le courage de ne pas mourir. Cette force et ce courage lui venaient du ciel; il le reconnaissait.
— Ah! disait-il souvent, si j'ai pu faire quelque chose outre-mer pour le service de Notre-Seigneur, combien n'en ai-je pas été récompensé! Il a daigné me faire supporter avec patience tous mes malheurs, et le plus grand de mes malheurs; et tel bienfait vaut mieux à lui seul que l'amour du monde.

LOUIS. Saint Louis ne fonda-t-il que l'abbaye de Royaumont?

M. NERVAL. Saint Louis est, sans contredit, l'un des souverains auxquels l'architecture religieuse doit le plus d'édifices remarquables; l'église de Sainte-Catherine-du-Val des écoliers, Royaumont, la Sainte-Chapelle, l'église et le couvent des Grands-Augustins, les Blancs-Manteaux, l'église Sainte-Croix-de-la-Bretonnerie, le couvent des Mathurins, les Célestins, les Filles-Dieu, etc., etc. Les courtisans le blâmaient de telles générosités. — Dieu, répondait-il, m'a donné tout ce que je possède; ce que je dépenserai de cette manière sera toujours le mieux placé.

Ce bon monarque, qui ne séparait point dans son cœur les malheureux de la Divinité qui console, fonda aussi un grand nombre d'hospices; ainsi les Quinze-Vingts, l'hôtel des Audriettes pour les pauvres femmes veuves, l'hôtel-dieu de Pontoise, ceux de Compiègne, de Vernon, etc.

Le fils qu'il ne devait plus retrouver sur la terre, saint Louis cherchait à s'en rapprocher en élevant fortement sa pensée jusqu'aux cieux. Aussi un attrait irrésistible le porta-t-il à se soustraire, plus qu'auparavant encore, aux exigences de la représentation, afin de pouvoir consacrer plusieurs heures de ses journées à ses souvenirs, à ses regrets, à ses prières, à ses austérités. Désormais, tout lui sembla dire : Malheur à ceux qui s'attachent à des choses passagères, car ils passent avec elles!

Mais ses exercices de piété n'absorbaient pas tout son temps, il savait qu'il se devait à la nation que Dieu lui avait donnée, et nul prince peut-être ne vécut plus que saint Louis parmi le peuple. Voyez-le, mes enfants, assis sous les ombrages de Vincennes ou dans les jardins du Grand-Châtelet et du palais de la

Cité, rendant lui-même la justice! Il était accessible aux plus humbles; chacun pouvait s'approcher de lui et le rendre arbitre de ses propres intérêts; nul ne s'éloignait qu'en bénissant son nom, qu'en exaltant sa justice, qu'en admirant cette sainte majesté selon le cœur de Dieu.

Que d'ennemis réconciliés au pied de ce saint roi qui se plaisait si souvent à répéter : Bénis soient ceux qui apaisent! Sa patience, sa douceur, son titre si beau et si bien mérité de *droict justicier*, son profond amour pour la paix, lui attirèrent de la part de tous une confiance sans bornes. Les peuples étaient heureux et fiers de plaider leur cause en face de ce saint roi, regardé par tous comme l'image de la justice divine sur la terre.

Une fois encore, la France était heureuse et florissante sous le gouvernement paternel de Louis IX; mais, hélas! chaque jour apportait de plus tristes nouvelles de la Terre-Sainte. Bibars, qui y régnait alors, portait de toutes parts la terreur et l'effroi. Césarée, Jaffa, Antioche étaient retombées en son pouvoir. Les chrétiens, plus malheureux que jamais, imploraient avec des larmes de sang la pitié de leurs frères d'Europe. Saint Louis conçut dans son cœur la pensée d'une nouvelle croisade.

Longtemps il en fit un mystère. Enfin, en mars 1267, à l'occasion du parlement féodal, il s'en ouvrit à ses barons. — Vrais serviteurs du roi des rois, s'écria-t-il, suivez-moi tous pour laver les affronts qu'endure depuis si longtemps le Sauveur des hommes! Oui, suivez-moi, afin d'arracher l'héritage des chrétiens à la honteuse servitude où leurs péchés les retiennent!

Ces paroles, si pleines d'amour, de foi et d'espérance, entraînèrent une fois encore les seigneurs français ; ils se croisèrent en foule à l'exemple de leur auguste souverain.

Louis se prépara à la sainte expédition, comme il l'avait fait en 1248, par la prière, de pieux pèlerinages, des aumônes et des bonnes œuvres ; il pourvut à la régence du royaume en nommant au pouvoir deux hommes éminemment sages, vertueux et habiles, Mathieu de Vendôme et Simon de Clermont, et fit à son peuple un suprême adieu, en lui léguant le code admirable de lois connu sous le nom d'*Etablissements*.

Rien ne le retenait plus, il alla prendre l'oriflamme à Saint-Denis, le 14 mars 1270, et recommença à pied, comme vingt-deux ans auparavant, le pèlerinage du royal moustier à Notre-Dame de Paris. Une multitude immense encombrait le passage, fondant en larmes à la vue du monarque, obligé de ralentir sa marche, tant on se pressait autour de sa personne ; saisi d'une émotion visible, il s'arrêtait lui-même à chaque pas, remerciant son peuple, répandant des aumônes et réclamant des prières.

Le 15 mars, il partit de Vincennes pour Aigues-Mortes.

ÉLISABETH. Emmenait-il la reine Marguerite ?

M. NERVAL. Non ; et la « despartie » eut lieu avec tant de soupirs et de larmes que Louis défendit à la reine de l'accompagner hors de Vincennes.

Le roi attendit à Aigues-Mortes la réunion des croisés. Enfin, il s'embarqua le 1ᵉʳ juillet. — « Mes enfants, dit-il à ses fils en mettant le pied sur sa nef.

considérez comment, à l'âge où je suis parvenu, abandonne un royaume florissant et en paix pour passer une seconde fois la mer. Les prières, les larmes de votre mère que j'ai quittée si affligée, n'ont eu pouvoir de me retenir ni de laisser un de vous ni votre sœur aînée auprès d'elle; et si votre jeune frère Robert avait pu supporter la mer, n'en eût point été dispensé. C'est assez vous dire : Là où est question de la cause et du service de Dieu, rien ne peut être mis en considération. Si donc, Philippe, pareille occasion se présente après moi, souviens-toi, ainsi que tes trois frères, que me suis séparé d'une épouse, de mes enfants, de mon royaume, pour l'amour unique du Christ, et quand le faudra, faites de même. »

Mes enfants, vous dirai-je après saint Louis : Quand il s'agit du service de Dieu, n'hésitez pas, « rien ne peut être mis en considération, » ne reculez devant aucun sacrifice.

Le 11 juillet, après une navigation des plus périlleuses, la flotte arriva en vue de Tunis.

Louis. Mon père, allait-on donc attaquer les Sarrasins par la Barbarie?

M. Nerval. Prévenu de la croisade, Bibars achevait de mettre la Syrie et l'Egypte dans un formidable état de défense; il eût donc été imprudent de commencer la campagne par une invasion dans les provinces orientales tandis qu'on pouvait penser qu'il n'en serait point de même du côté de Tunis. Mohammed, roi de ce pays, venait de témoigner récemment le désir de vivre en bonne intelligence avec les Français, et de faire entendre qu'il n'était peut-être pas éloigné d'embrasser le christianisme. Tout semblait donc donner la certitude d'avoir en lui plutôt un allié qu'un en-

nemi. Si, dès l'approche des croisés, il se déclarait
leur auxiliaire, la route de Jérusalem se trouvait
toute tracée dans ses Etats; dans le cas contraire, il
n'était guère présumable qu'il osât opposer une sérieuse résistance. Ainsi, uni de bonne foi à la cause
européenne, ou soumis par la force, le royaume de
Tunis semblait devoir être le foyer des opérations.

On débarqua sur les côtes d'Afrique, au lieu où
Mohammed faisait élever une nouvelle Carthage.

Louis. Il me tarde de savoir comment les Sarrasins
accueillirent les Français.

M. Nerval. Ils s'opposèrent de toutes leurs forces
au débarquement. Les croisés prirent enfin terre et
conquirent la ville non encore achevée. Les ennemis
ettaquaient chaque jour le camp qu'assit le saint ro
sur la célèbre plage.

Elisabeth. Ainsi Mohammed avait oublié ses promesses ?

M. Nerval. Bibars l'avait regagné à son parti.

Louis. Pourquoi saint Louis ne marchait-il pas
immédiatement contre Tunis?

M. Nerval. Il attendait le roi de Sicile, son frère,
qui ne pouvait tarder.

Louis. Oh! mon papa, tout va se passer encore
comme à Damiette! En Egypte, on attendait Alphonse
de Poitiers, dont le retard fut cause de tant de désas-
tres; en Barbarie, c'était le comte d'Anjou.

M. Nerval. Cependant la chaleur de l'été devenait
de plus en plus accablante, et en même temps l'armée tombait dans une sorte d'abattement moral;
« les symptômes d'une cruelle contagion s'y dévelop-
paient d'une manière effrayante depuis quelques jours,
et les moyens de l'arrêter devenaient de plus en plus

difficiles ou insuffisants. La température énervait ou brûlait les soldats ; sans abri, sans arbre à feuillage rafraîchissant, exposés à l'ardeur d'un ciel d'airain, manquant de pain, de viande, surtout d'eau douce, plusieurs cherchaient à se désaltérer dans des mares infectes, et la plus grande partie d'entre eux succomba dans d'horribles convulsions. Bientôt l'épidémie, faisant de nouveaux progrès, enleva plus de la moitié des hommes d'armes; et tandis qu'ils expiraient lentement, étendus sur la grève, les Arabes imaginèrent d'inonder en quelque sorte le camp entier de nuages de sable. Consacrant leurs engins meurtriers à cette épouvantable expérience, ils livrèrent au vent du sud cette arène embrasée, image du kamsin, le terrible souffle du désert. Une foule de malades y succombèrent. »

Le cœur oppressé de douleur, mais calme, résigné pour lui-même, le roi de France apparut alors, comme toujours, la Providence visible de l'armée. Au milieu de cette pluie de poussière brûlante, on le voyait sans cesse aller d'une tente à l'autre, et porter des secours, redonner du courage et offrir des consolations aux malheureux décimés par tous les fléaux.

Quoique souffrant lui-même, Louis ne quittait pas non plus les hôpitaux. — Amis, s'écriait-il souvent en montrant le ciel à ces pauvres hommes d'armes étendus sur le sable, la respiration éteinte, nous combattons tous pour une même foi ! Ayez bon courage, car nous vaincrons ou nous serons tous martyrs de Jésus-Christ !

ÉLISABETH. Et c'était bien vrai, n'est-ce pas, papa ;

tous ceux qui mouraient sur cette terre d'Afrique étaient des martyrs?

Louis. Certainement, petite sœur, puisqu'ils y étaient venus pour la défense de notre Seigneur. C'était bien consolant de mourir ainsi pour le bon Dieu.

Elisabeth. Mais bien triste aussi, frère, de mourir loin de sa patrie. Cela me rappelle le pieux époux de ma glorieuse patronne, de ma bonne chère sainte Elisabeth, et ce mot que maman nous répète si souvent, et qui est si vrai : Dieu afflige ceux qu'il aime.

Louis. Mon papa, les croisés de saint Louis, encouragés par le bon roi, ne mouraient-ils pas avec consolation, avec espérance?

M. Nerval. Ces hommes, entraînés par la foi dans les expéditions d'outre-mer, étaient embrasés d'amour de Dieu. En quittant leur pays, leurs biens, leur famille, ils faisaient aussi le sacrifice de leur vie. On les voyait donc, au camp de Tunis, sourire, dans leurs atroces souffrances, aux paroles du saint roi, et s'endormir, en souriant encore, du sommeil de l'éternité.

Elisabeth. On n'a point à craindre la mort quand on est assuré du paradis.

M. Nerval. Tu as raison, ma fille; ce n'est point la mort qui doit nous inspirer de l'effroi, mais le jugement terrible qui la suit. Si nous avions toujours présente à notre esprit la pensée du jugement, nous ne pécherions jamais, et, comme tu le dis, nous ne craindrions plus la mort.

Les simples hommes d'armes ne souffraient point seuls du fléau : les seigneurs qui partageaient leurs peines, leurs fatigues, leurs angoisses, partagèrent

aussi leurs souffrances, et la même mort les conduisit
à Dieu. Mathieu III de Montmorency « passa de la
vie à trépas » le 1er août et fut suivi dans la tombe par
une foule de héros qui allèrent en quelques heures de
la vie à la mort. Philippe de France, le roi de Navarre,
le jeune comte de Nevers, le roi lui-même, furent at-
teints dès le 2 août. Bientôt le comte de Nevers fut à
toute extrémité.

Louis. Mon père, qu'était-ce que ce comte de Nevers?

M. Nerval. Jean Tristan, né à Damiette vingt-un
ans auparavant, au milieu de tant de souffrances et
de malheurs.

Élisabeth. Ainsi, il était né sur la terre d'Afrique
et il y revenait mourir.

Louis. Le bon Dieu l'avait donné au roi et à la reine
durant la première croisade de saint Louis, et il le leur
reprenait à la seconde.

Élisabeth. Mon papa, saint Louis vit-il mourir son
fils?

M. Nerval. Jean Tristan ayant été plus vivement
atteint que les autres membres de la famille royale,
« les physiciens » le firent enlever de la tente
du roi sous prétexte que l'air de la mer lui serait
salutaire, et le firent transporter sur la nef le *Paradis*.

Louis. Et il y mourut?

M. Nerval. Il y mourut le soir même; dans les sentiments de la piété la plus vive.

Élisabeth. Pauvre père!

M. Nerval. Saint Louis ne voyant plus reparaître
au chevet de son lit ce fils si digne de sa tendresse,
eut le pressentiment de son malheur. Il questionna

ceux qui l'entouraient ; tous gardèrent le silence. Alors parut le confesseur du saint roi.

— Mon père ! s'écria le saint roi, dites-moi de vrai s'il a plu à Dieu de retirer de ce monde mon fils Tristan ? Dites-moi si notre Seigneur l'a rappelé à lui.

— Ainsi Dieu a fait ! répondit simplement le bon prêtre.

Louis éleva vers le ciel des yeux remplis de larmes et pria. « Sa résignation fut telle, dit la chronique, qu'il semblait bien, à le voir, que le père et le fils ne se quittaient que pour peu de jours. » Il ordonna, d'une voix douce et légèrement émue, que les restes du prince fussent conservés dans un coffre de grand prix afin d'être rapportés en France et ensevelis dans l'abbaye de Royaumont, et il reprit ses oraisons, qu'il n'interrompit plus guère que pour s'informer des besoins de l'armée et de la santé de ses chers compagnons d'armes, et pour recommander aux prêtres et aux religieux qui visitaient la tente royale l'âme et le corps des malheureux croisés.

Louis. L'épidémie avait-elle cessé ?

M. Nerval. Elle redoublait d'intensité ;. chaque jour elle frappait de nouvelles et plus nombreuses victimes dans tous les rangs de l'armée.

Élisabeth. Et le roi allait de plus en plus mal ?

M. Nerval. D'heure en heure l'auguste malade sentait décroître ses forces ; mais loin de se laisser abattre par la pensée d'une fin prochaine, il puisait dans cette pensée même une nouvelle énergie. Ses médecins ne le quittaient pas ; ses chapelains ne le quittaient pas non plus, et sans cesse le saint roi réclamait de ceux-ci le secours de leurs

« prières et bonnes lectures. » Il languit ainsi jusqu'au 24 août.

Alors, se sentant à toute extrémité, il manda près de son lit Philippe de France.

ÉLISABETH. Mon papa, je croyais que Philippe de France était mort?

M. NERVAL. Philippe de France avait été atteint en même temps que son père et le comte de Nevers, mais on avait pu le sauver.

LOUIS. C'était l'héritier de France?

M. NERVAL. Oui, mon fils.

ÉLISABETH. Le roi qui a régné après saint Louis, Louis IX, et qui se nomme Philippe III le Hardi.

M. NERVAL. Très bien, ma fille.

Saint Louis ayant donc fait approcher Philippe de France, lui adressa ces paroles en présence des autres membres de la famille royale et des grands du royaume :

« Cher fils, aie le cœur piteux aux pauvres et à leur misère... et les conforte et les aide selon que tu le pourras. Soulage-les de consolations et d'aumônes, et aie le cœur compatissant à tous ceux que tu penseras être en souffrance de cœur ou de corps.

» Sois raide à tenir justice : fais-la à tous tes sujets et jusqu'à ce que la vérité soit bien connue ; s'il advient querelle entre un pauvre et un riche, soutiens de préférence le pauvre au riche.

» Aime dans le prochain le bien et hais le mal !

» Prends garde à avoir bons baillis et bons prévôts en ta terre. Fais souvent prendre garde qu'ils fassent bien justice !

6

» Donne volontiers pouvoir à gens de bonne volonté qui en sachent bien user.

» Si tu as quelque chose pesant au cœur, dis-le à
ton confesseur ou à quelque prud'homme qui sache
garder ton secret. Ainsi, tu pourras porter plus légèrement la pensée de ton cœur.

» Garde ton peuple en paix, et les bonnes villes et
bonnes cités en l'état de franchise où tes devanciers
les ont gardées. Car, à cause de leur force, les hommes puissants redouteront de les attaquer. Et bien
me souvient-il de Paris et des bonnes villes de mon
royaume qui m'aidèrent grandement contre les barons
lorsque je fus couronné.

» Fais abattre en ta terre, sagement et en bonne
manière, les traîtres à ton pouvoir. Fais-les-en chasser et les autres mauvaises gens, tant qu'elle en soit
bien purgée.

» Prends garde, cher fils, de faire guerre à chrétiens sans grandes raisons, et si tu ne peux t'en empêcher, garde-toi qu'innocents en souffrent. Puis, la
paix le plus tôt possible, te souvenant de ce mot de
saint Martin : Faire la paix, c'est atteindre au comble
de toute vertu !

» Aie soin que les dépenses de ta maison ne soient
pas trop grandes.

» Te le répète, cher fils, aie charité pour les pauvres, pour les misérables, pour les affligés ! Cher fils,
prie Dieu qu'il t'accorde toutes bénédictions dont un
père bon et cordial peut bénir un enfant ! Et ce
Dieu en trois personnes veuille te délivrer de tous
maux, et, après cette vie mortelle, puissions-nous tous
mériter de vivre ensemble avec lui de la vie éternelle
et perdurable ! »

Le bon roi saint Louis avait écrit ces enseignements. Il les remit à son fils. Il remit aussi à Thibaut,
roi de Navarre, un autre écrit destiné à Isabelle de
France, reine de Navarre. Enfin il remit à Isabelle
elle-même, à qui il n'avait pas la force de parler, un
troisième écrit pour Agnès de France, la plus jeune de
ses filles, fiancée au duc de Bourgogne.

Faisant en cet instant un suprême effort et exhor-
tant la jeune reine à adopter quelques nouveaux exercices de piété, il ajouta : « Très chère fille, pensez-y
bien ! Beaucoup de gens se sont endormis en folles
pensées de péchés qui, au matin, ne se sont plus trou-
vés en vie ! La meilleure manière d'aimer Dieu, c'est
de l'aimer sans mesure ! Il a bien mérité que nous
l'aimions, puisqu'il nous a tant aimés le premier ! »

ÉLISABETH. Mon cher papa, je serais bien heureuse
de savoir quelque chose de ce que le bon roi saint
Louis recommandait à ses filles.

M. NERVAL. Il disait à Isabelle :

« Chère fille, parce que je crois que vous entendrez
plus volontiers des enseignements de moi que de tout
autre, à cause de l'amour filial que vous aviez pour
moi, j'ai pensé que je devais vous laisser quelques lignes de ma main. Notre sire Dieu vous fasse bonne en
toutes choses, comme je désire, et plus encore que je
le désire. Amen. »

Et à la jeune princesse Agnès :

« Si tu es bien amie du monde et désire les honneurs et les richesses jusqu'au dernier jour, sache que
tu as perdu tout ton temps et que les honneurs et les
richesses ne peuvent longuement durer. — N'aie pas
grand surcroît de robes ni de joyaux. Et aussi il me

semble que tu ne dois jamais mettre un trop grand
temps ni trop grande étude à te parer. »

Saint Louis fit présent de son Psautier, « qui ne devait plus lui servir, » à Guillaume de Mesmes, doyen
de ses chapelains. C'était ce même Psautier qui avait
fait sa consolation lors de la première croisade, et dans
lequel il récitait chaque jour ses heures.

Louis. Quelle relique précieuse pour la famille de
Mesmes !

Elisabeth. Mon papa, veuillez bien nous dire comment était ce Psautier.

M. Nerval. C'était un manuscrit in-folio.

Elisabeth. Un manuscrit ?

Louis. Certainement, petite sœur, puisque l'impri-
merie n'a été découverte que deux siècles environ
après saint Louis, Louis IX, par Jean Gutenberg, de
Mayence.

Elisabeth. Ah ! c'est vrai... Mon papa, je vous demande bien pardon de mon étourderie.

Ce Psautier de saint Louis était donc un manuscrit?..

M. Nerval. Un manuscrit in-folio, en beau vélin,
écrit en caractères élégants du treizième siècle, orné
de miniatures fort belles pour ce temps-là, et qu'on
estime encore aujourd'hui à cause de la beauté des
couleurs et surtout de l'or, qui ne s'écaille point.
Elles représentaient les mystères, la vie et la passion de notre Seigneur, en or, azur et vermil-
lon. A la suite était un calendrier sous lequel était
écrit, aussi en caractères gothiques : *Ce Psautier fut à
sainct Loys.*

Louis. Les Mesmes ont dû conserver sans doute avec

grand soin ce livre du saint roi, et il doit exister encore ?

M. NERVAL. On ignore malheureusement la destinée de ce manuscrit si intéressant, si précieux pour la France.

Guillaume de Mesmes le donna, à sa dernière heure, à son neveu Renaud de Mesmes, qui, en mourant lui-même, le légua par testament à l'église et au couvent des Cordeliers, à Paris. Les bons moines le possédèrent près d'un siècle, puis le vendirent pour la « nécessité » du couvent. Le saint livre passa alors dans bien des mains et fut offert, en 1468, au duc de Bourgogne Charles-le-Téméraire. Sa fille Marie en fit don à son secrétaire.

ÉLISABETH. Mais comment a-t-on pu savoir tout cela ?

M. NERVAL. Bon nombre de ceux qui avaient possédé le Psautier y avaient écrit leur nom.

On y lisait aussi en latin, après une multitude d'inscriptions et de signatures, et à la date de 1649 :

« Ce livre, également remarquable par son ancienneté et parce qu'il renferme les versets du roi-prophète, que le saint roi de France avait coutume de chanter autrefois, fut offert comme un don précieux à Marie, reine d'Angleterre, par Philippe II, prince des Espagnes, lorsqu'il se rendit dans la Grande-Bretagne pour y épouser cette princesse.

» Ensuite, après avoir encore changé de possesseur, il fut rapporté en Flandre, puis en Angleterre, où on le déposa dans la bibliothèque superbe et vraiment royale de Saint-Charles.

» Pierre de Bellièvre, secrétaire des conseils du roi

très chrétien, et ambassadeur du même monarque
auprès du sérénissime Charles Ier, roi de la Grande-
Bretagne, prit soin de le retirer d'entre des mains
profanes, et de conserver à sa patrie et à la famille de
Mesmes cet antique monument de la piété de ses ancê-
tres. Aussi en fit-il présent, à son retour, à
Henri de Mesmes, premier président du parlement
de Paris, et chef de cette illustre famille, comme
un témoignage éternel de son inaltérable dévouement. »

Louis. Oh ! mon papa, combien nous vous remer-
cions de ces intéressants détails !

M. Nerval. Nous aurons sans doute, mes enfants,
le loisir de visiter, quelque jour, la bibliothèque impériale. Je vous y ferai voir deux livres manuscrits
ayant également servi au roi saint Louis. L'un est une
Bible en vélin reliée en velours cramoisi ; l'autre, un
Psautier orné de 78 miniatures représentant l'histoire
du peuple de Dieu jusqu'à Saül. Ces miniatures sont
d'un admirable éclat de couleurs d'or et d'azur sur
un fond entièrement d'or.

Elisabeth. Nous visiterons aussi la Sainte-Chapelle?

Louis. Et Vincennes?

Elisabeth. Et le Palais-de-Justice?

Louis. Et Saint-Denis?

M. Nerval. Oui, mes enfants, car, après six siècles,
tous ces lieux sont pleins encore des souvenirs du grand
roi.

Elisabeth. Quel malheur que nous ne puissions aussi
accomplir un pèlerinage à la Wartbourg, et suivre à
genoux ce sentier de la montagne où les pains se sont

changés en roses dans les plis du manteau de ma bonne chère sainte Elisabeth!

M. NERVAL. La protestante Allemagne ne se souvient plus de l'astre de Hongrie. Les petits enfants seuls rappellent la bonne chère sainte en donnant le nom d'Elisabeth, fleur d'Elisabeth, à une petite fleurette blanche, au parfum suave, qui croît sans culture et dont ils forment des bouquets et tressent des guirlandes.

En attendant, mes enfants, que nous fassions de pieuses stations à la Sainte-Chapelle, à Vincennes et à Saint-Denis, retournons sur la côte d'Afrique, sous le beau ciel de Carthage, et mêlons-nous à cette foule de croisés qui, la pâleur au front et les yeux pleins de larmes, se pressent au-devant de l'un des chapelains du monarque, sortant de la tente royale. Tous l'interrogent : Écoutons.

Bien des choses, hélas ! se sont passées, tristes et consolantes à la fois, déchirantes et admirables.

« Tant que le roi a eu la force de parler, dit le chapelain, il a, selon sa coutume, récité à haute voix matines, complies et les heures canoniales avec l'un de nous. — Amis, ajoutait-il par intervalles, ai achevé ma course; ne me plaignez... Etant le chef, est bien naturel que marche le premier! mais devez me suivre. Tenez-vous donc prêts au voyage !

» Ne pouvant plus articuler distinctement, il a fait placer un crucifix en face de lui, afin de s'exciter continuellement à la méditation des mystères dont la croix est l'emblème. Il s'était déjà confessé plusieurs fois à Geoffroi de Beaulieu, et demandait le saint corps de notre Seigneur Jésus-Christ. Quand il a vu entrer le prêtre, l'hostie sainte à la main, il a re-

trouvé assez de force pour se jeter de son lit à terre,
et il y est même demeuré longtemps ainsi prosterné
en oraison. Frère Geoffroi lui a aussi administré l'ex-
trême-onction, et notre prince a répondu encore à
chaque question ; il a récité les versets des sept Psaumes et nommé chaque saint des Litanies. — Croyez-
vous, lui a alors demandé le confesseur en lui pré-
sentant l'hostie, que ce soit le vrai corps de Jésus-
Christ ? — Oh ! oui. Et ne le croirais mieux, a-t-il re-
pris, même si je le voyais tel que les apôtres le con-
templèrent au jour de l'Ascension !

» Dès ce moment, plongé dans de séraphiques pensées, l'oreille ravie par de saints concerts, et comme
déjà uni à son Dieu, il n'est plus occupé que du ciel
ou de la propagation de la foi chrétienne.

» Enfin, messires, ajouta le bon clerc, l'évêque de Tunis, toujours près du roi, nous répète sans cesse : — En toute ma longue vie n'ai vu fin
si sainte, si dévote, d'homme du siècle ou de religion. »

La nuit se passa, pour tous les croisés, en prières
et en mortelles angoisses.

« Le lundi 25 août, dit l'un des plus éloquents historiens de saint Louis, le soleil faisait à peine étince-
ler la mer de Carthage, quand on vit se détendre lentement les pavillons fleurdelisés. A cette annonce, le
camp entier s'ébranle ; bannerets, hommes d'armes,
blessés, malades, tous accourent en tressaillant. Un
des côtés de la tente se relève, et Louis, soutenu par
les bras, apparaît revêtu d'un long cilice, une croix
entre ses mains déjà livides, les yeux fixés sur un lit
de cendre jeté à la hâte sur la terre desséchée ; l'heure
suprême du chef de l'armée doit s'achever sur

cette ignoble couche; c'est sa dernière volonté, et à peine lui reste-t-il assez de force pour s'y étendre et faire signe de placer de nouveau la croix devant lui. »

Louis. Ah! quel triste spectacle!

M. Nerval. Les princes et les princesses de la famille royale de France, les prélats, les aumôniers, les moines, les hauts barons formaient à genoux un cercle autour du mourant.

Elisabeth. Saint Louis souffrait-il?

M. Nerval. D'horribles convulsions le déchiraient.

Elisabeth. Alors, c'étaient des gémissements?

M. Nerval. Non, ma fille; aucune plainte ne sortait de sa bouche. On l'entendait seulement répéter de temps à autre et d'une voix éteinte : — Beau sire Dieu, aie merci de ce peuple qui m'a suivi sur ce rivage... Oh! conduis-le en son pays, afin que nul ne soit contraint de renier ton saint nom!

Il perdit bientôt presque entièrement la parole; « mais il regardait encore les gens débonnairement et comme s'il leur eût parlé. »

Vers midi, ses souffrances semblèrent s'apaiser, et, après quelques instants d'un bienfaisant sommeil, on l'entendit s'écrier : — Irons à Jérusalem!.. Peu après, il ajouta avec angoisse : — Ah! qui reconduira en France ce pauvre peuple que j'ai amené ici!...

Elisabeth. Mon papa, faisait-il donc le vœu d'une autre croisade, d'un pèlerinage en Terre-Sainte, qu'il parlait de Jérusalem?

M. Nerval. Toutes ses pensées étaient désormais pour

le ciel ; il parlait de la Jérusalem céleste, notre auguste patrie.

Trois heures après, vers trois heures de l'après-midi, en proie à d'horribles convulsions, aux prises avec la mort, il se releva soudain à demi, regarda le ciel, croisa ses bras sur sa poitrine, puis retomba lourdement sur la cendre, répétant avec le roi-prophète : — Seigneur, entrerai en votre maison !... vous adorerai en votre saint temple !... glorifierai votre nom !... irons en Jérusalem !

C'en était fait...

ELISABETH. Il était mort ?

M. NERVAL. Son dernier souffle s'était exhalé dans sa dernière prière.

« On n'a vu qu'une fois et l'on ne verra jamais un pareil spectacle, dit l'illustre auteur de l'*Itinéraire de Paris à Jérusalem*. La flotte du roi de Sicile se montrait à l'horizon ; la campagne et les collines étaient couvertes de l'armée des Maures ; au milieu du camp de Carthage, le camp des chrétiens offrait l'image de la plus affreuse douleur. Aucun bruit ne s'y faisait entendre, les soldats moribonds sortaient de leurs hôpitaux et se traînaient à travers des ruines pour s'approcher de leur roi. Louis était entouré de sa famille en larmes, des princes consternés, des princesses défaillantes...

» On entend alors la trompette des croisés de Sicile. Leur flotte arrive, pleine de joie et chargée d'inutiles secours. On ne répond point à leur signal. Charles d'Anjou s'étonne et commence à craindre quelque malheur. Il aborde au rivage. Il voit des sentinelles, la pique renversée, exprimant encore moins leur douleur par ce deuil militaire que par l'abatte-

ment de leur visage. Il vole à la tente de son frère;
il le trouve étendu, mort sur la cendre. Il se jette sur
ces reliques sacrées, les arrose de ses larmes, baise
avec respect les pieds du saint.

Louis. Ce morne silence qui régnait sur la plage
avait dû donner de tristes pressentiments au comte
d'Anjou?

M. Nerval. La nef du roi de Sicile s'avançait la première vers la rive d'Afrique, pavoisée comme aux jours
de fêtes, retentissant de joyeuses fanfares, portant sur
le tillac l'élite des chevaliers angevins, provençaux et
napolitains. On dit que Charles d'Anjou, surpris de
l'immobilité et du silence des guerriers qui gardaient
la plage, débarqua le premier et ne put dire que cette
parole : — Comment se porte le roi mon frère? — Jamais vif ne le reverrez! répondirent les croisés en
fondant en larmes.

Après avoir baisé les pieds du royal défunt et être
demeuré longtemps absorbé dans une muette douleur,
Charles reprit cependant toute son énergie en songeant
à l'armée. Il courut dans la tente du nouveau roi de
France retombé gravement malade.

Elisabeth. Ah! mon Dieu, il va mourir aussi!

Louis. Non, petite sœur, puisque ce nouveau roi
de France était Philippe-le-Hardi, qui régna jusqu'en 1285.

M. Nerval. Charles d'Anjou, investi du commandement suprême de l'armée, ne prit pas un moment
de repos; il parcourut les divers quartiers du
camp, visita les hôpitaux, l'arsenal, donna partout
des ordres.

Louis. Y avait-il donc quelque chose à craindre?

M. NERVAL. L'armée des Maures environnait de toutes parts les croisés.

ELISABETH. Les méchants! Ils vont profiter de l'ac-
cablement dans lequel la douleur de la perte de leur
roi plonge les hommes d'armes français!

M. NERVAL. Instruit de tout ce qui se passait dans
le camp des croisés, Mohammed, le chef des Maures,
se rapprocha en effet jusqu'à deux lieues du château
de Carthage. Devenus plus hardis par la certitude de
la mort du grand roi de France, ses cavaliers étaient
constamment en embuscade, et si quelque homme
d'armes se hasardait à sortir du camp, il tombait
entre leurs mains. Le comte-roi pouvait donc
craindre une attaque, et il devait se préparer à la re-
pousser.

ELISABETH. Mon papa, pourquoi nommez-vous le
comte d'Anjou le *comte-roi*, et pourquoi la nef royale
portait-elle l'élite des chevaliers angevins, provençaux
et napolitains? Je ne m'explique ni ce titre ni la réunion, dans une armée, sous le commandement immé-
diat du frère de saint Louis, des soldats d'Anjou, de
Provence et de Naples.

LOUIS. Ces mêmes questions que vous fait Elisabeth,
j'allais vous les adresser, mon papa.

M. NERVAL. Laissez-moi, mes enfants, vous dire un
dernier mot sur le saint roi de France, et je vous
parlerai une autre fois de Charles d'Anjou, puisque
ce prince vous intéresse.

Le corps du pieux monarque gisait toujours sur son
lit de cendres...

ELISABETH. Comment! on l'y avait laissé tout le jour,
toute la nuit? J'aurais cru qu'on l'aurait retiré sous

la tente royale, et revêtu de ses plus beaux ornements, emblèmes de sa haute dignité.

M. NERVAL. Il était devenu impossible de le dérober à la multitude attendrie, avide de contempler une dernière fois ses traits.

ELISABETH. Ce devait être affreux, un tel spectacle! Saint Louis avait tant souffert... Et cette horrible maladie...

M. NERVAL. Dieu se plaît souvent à conserver d'une manière toute miraculeuse les restes mortels de ses saints. Ces corps ont été les temples vivants du Saint-Esprit. La mort semble les respecter, au moins pour un temps. Je vous l'ai fait remarquer bien des fois, et encore tout dernièrement, au sujet de sainte Elisabeth de Hongrie.

ELISABETH. Mon papa, j'ai tout-à-fait oublié cette circonstance.

LOUIS. Tu n'as pas si mauvaise mémoire, bonne petite sœur; mais tu désires, et c'est bien naturel, que papa te dise encore un mot de la chère bonne sainte.

M. NERVAL. Je vais vous faire plaisir à tous deux, mes enfants, en revenant à sainte Elisabeth.

Quand, après la canonisation, dans la sixième année qui suivit la mort de la chère sainte, on ouvrit le cercueil d'Elisabeth de Hongrie, il s'en exhala de délicieux parfums. Le saint corps était tout entier, sans apparence aucune de corruption. Une autre nouvelle vint réjouir le cœur des pauvres de la Thuringe : en ouvrant la châsse scellée du sceau des évêques et où reposait le corps précieux de la sainte, on trouva ce corps tout inondé d'une huile extrêmement subtile et odorante qui coulait goutte à goutte des os-

7

sements d'Elisabeth. — C'est nous que la sainte appelle! C'est pour la guérison de nos maux que de son corps saint coule cette huile! s'écrie le peuple, qu'on cherchait à retenir hors de l'église. Et il força les portes du sanctuaire et vint rendre grâce à Dieu de l'éclatant miracle. Cette huile fut recueillie précieusement et conservée pour les malades. Elle en guérit un grand nombre.

ÉLISABETH. Mon papa, où est conservé le cœur de ma bonne chère sainte?

M. NERVAL. C'est la ville de Cambrai qui a le bonheur de posséder la relique la plus précieuse d'Elisabeth de Hongrie, le cœur si plein de charité de la patronne des pauvres.

ÉLISABETH. Quand je serai grande et que vous me le permettrez, mon papa, je ferai un pèlerinage à Cambrai.

LOUIS. Ainsi, le corps de saint Louis se conserva miraculeusement comme celui d'Elisabeth?

M. NERVAL. C'est tenter Dieu que de lui demander un miracle; Philippe de France et Charles d'Anjou étaient trop bons chrétiens pour commettre une telle faute.

Le corps du saint roi resta exposé aux regards et à la vénération des croisés pendant toute la nuit et une partie du jour qui suivit la mort du monarque. « Louis avait, disent les chroniques contemporaines, le visage plus clair et plus bel que jamais en pleine santé, et semblait à beaucoup de gens qu'il était vivant encore et voulait sourire. L'aiguillon de la mort était demeuré sans traces, et, à l'ombre de l'éternelle croix, une majesté surnaturelle régnait sur ce front large et auguste, comme un pressentiment sublime de l'avenir. »

Cependant il fallait se séparer de cet objet à la fois douloureux et consolant : on embauma le corps, puis on le transporta en France.

Bien des malheurs domestiques éprouvèrent successivement la famille royale de France. Une touchante lettre que Philippe III adressa à Jean de Verneuil, un des derniers abbés de Cluny, qui avait vu son père avant son départ, et qui tenait alors à Montpellier un chapitre de l'ordre des Frères prêcheurs, dont il était général, contient ce triste sommaire :

« O vous qui passez par le chemin, vous dis-je, mes bien-aimés, marchant en cette vallée de larmes par le sentier de la pauvreté volontaire, considérez et voyez s'il fut jamais douleur comparable à la mienne, ou s'il peut y avoir affliction semblable à celle dont le Tout-Puissant vient de remplir mon cœur ! Les premiers jours de notre règne, que sont-ils ? qu'une suite de calamités, d'épreuves, de tribulations! Nous en avons épuisé toutes les horreurs !

» Le premier coup a porté sur notre père et seigneur, ce grand prince qui, par l'innocence de sa vie et l'éclat de ses vertus était, entre les souverains de la terre, ce que le soleil est parmi les autres astres ; ce monarque, dont le souvenir est si doux, et la réputation portée aux extrémités de la terre, faisait la consolation de tous ceux qui parlaient de lui ou en entendaient parler. Couché sur la cendre pendant qu'une grave maladie nous frappait nous-même, il a rendu son âme très pure au Créateur, et à la même heure où le Fils de Dieu est mort sur la croix pour le salut du monde ! En vous racontant ceci, nous sentons, hélas! combien ce triste récit augmente encore l'amertume de notre affliction!

» La mort nous a encore enlevé notre cher frère Tristan, comte de Nevers, qu'un excellent naturel et une sagesse bien au-dessus de son âge rendaient infiniment aimable; l'illustre roi de Navarre, notre beau-frère et sincère ami; notre cher épouse, Isabelle d'Arragon, reine de France, que tant de belles qualités rendaient agréable à Dieu et respectable à tous nos sujets, nous l'avons vue expirer le mardi avant la fête de la Purification!

» Certes, il serait bien difficile de dire tout le mal que nous fait souffrir la vue des précieuses reliques d'un père, d'un frère, d'une épouse, que nous faisons transporter, comme il convient, au lieu destiné à leur sépulture. De tels objets toujours sous nos yeux sont comme autant de flèches aiguës qui nous déchirent sans cesse les entrailles!

» Au milieu de tant de maux, notre très chère sœur Isabelle, reine de Navarre, pouvant nous donner quelque espèce de consolation... et c'est la mort de cette illustre princesse qui vient de mettre le comble à notre trop juste douleur! Cette vertueuse reine s'est reposée dans le Seigneur le jeudi avant la fête de saint Marc!

» O Roi de gloire! Roi des vertus! toujours juste et toujours terrible dans vos jugements! Hélas! pourquoi m'avez-vous fait survivre à un père si cher? Seigneur, mon Dieu, après avoir appelé à vous tous ceux qui vous étaient agréables, voudriez-vous me rejeter de votre face, permettre que je fusse enseveli dans l'abîme profond de cette mer orageuse? ou plutôt, ne voulez-vous pas montrer qu'il n'est rien de plus fragile que la vie de l'homme? Que votre saint nom soit donc à jamais béni ! qu'il soit béni par toutes les créatures !

» Et vous, frères bien-aimés, nous vous conjurons de prier pour nos chers défunts.

» Donné à Cluny. »

ÉLISABETH. Qu'elle dut être triste, l'entrée de Philippe III dans sa capitale, rapportant avec lui les restes du saint roi?

M. NERVAL. Il avait été triste aussi, son long voyage à travers son royaume, car, de toutes parts, ce n'étaient que larmes et que deuil.

Le lendemain du retour à Paris, 22 mai, Philippe III et ses deux frères, tous trois pieds nus et en simples vêtements de deuil, allèrent reprendre à Notre-Dame les cercueils que le roi y avait déposés la veille, et prirent la route de Saint-Denis. Le jeune souverain portait lui-même le coffre qui renfermait les cendres de son père. Les princes se reposèrent sept fois, dit-on, et sept croix ou oratoires gothiques attestèrent durant des siècles l'accomplissement de ce pieux devoir filial.

Cependant l'éloge du saint roi était dans toutes les bouches, dans la bouche du prince, du prélat, du chevalier comme dans celle du plus obscur villageois ; bientôt on y joignit le récit des prodiges opérés chaque jour par la puissante intercession du pieux monarque. Son tombeau devint le but de pèlerinages multipliés et le témoignage de miracles éclatants.

Ce récit et ces éloges retentirent sous les voûtes du Vatican : une enquête de canonisation s'ouvrit et se continua sous les pontificats de Nicolas III, de Mar-

tin IV et de Nicolas IV. Enfin, après douze ans, le
18 août 1297, Boniface VIII plaça solennellement
au rang des élus de Dieu ce roi, l'honneur
éternel de la France et de son siècle, et pro-
nonça ces paroles bientôt répandues dans l'univers
entier :

« Maison de France, réjouis-toi d'avoir donné au
monde un si grand prince!

» Réjouis-toi, peuple de France, d'avoir eu un si
bon roi! »

Je terminerai, mes enfants, par un extrait de la
bulle de canonisation. Ces quelques lignes me sem-
blent devoir vous intéresser.

« Gloire, louanges et honneur soient rendus avec
zèle et dévotion par tous ceux qui professent la foi
orthodoxe et qui aspirent à la bienheureuse éternité,
au Père des lumières, de qui procède tout ce qu'il y
a de bon et de parfait. Riche en miséricordes, libéral dans ses grâces, magnifique dans ses récompenses,
du haut du ciel abaissant ses regards sur la terre, et
considérant avec complaisance les œuvres merveil-
leuses qui ont rendu resplendissant comme une vraie
lumière saint Louis, autrefois illustre roi de France,
son serviteur lorsqu'il était sur la terre, comme un
juge équitable, il a voulu le récompenser dignement,
après être sorti de la prison de cette vie, et avoir sup-
porté courageusement et avec soumission les com-
bats pénibles du monde, en le plaçant avec les Princes, dans le séjour du ciel, pour occuper un trône de
gloire et goûter les douceurs de la félicité éternelle.
Que notre mère, la sainte Eglise, célèbre des fêtes
solennelles et se réjouisse d'avoir enfanté un tel fils,
de l'avoir élevé dans son enfance, et de le voir main-

tenant couvert de gloire, au milieu des armées céles-
tes! Qu'elle se réjouisse, dis-je; qu'elle pousse des
cris d'allégresse et loue le Très-Haut de ce qu'elle se
voit illustrée de l'éclat et décorée des insignes d'une
race si élevée et si célèbre! Cette sainte Eglise, digne
des plus grands éloges et d'une profonde vénération,
enseigne clairement qu'elle admet aux joies de la
béatitude et de l'héritage éternels ceux qui, par leur
foi et leurs œuvres, l'ont regardée comme la mère des
fidèles et l'épouse de Jésus-Christ, et que personne
ne peut y entrer sans le ministère de ses clefs, qui
en ouvrent les portes. Que la multitude des habitants
du ciel se réjouisse de voir arriver au milieu d'eux
un personnage si élevé, qui a mis en pratique la foi
chrétienne d'une manière à l'épreuve! Que les nobles
citoyens qui habitent la demeure céleste chantent
des cantiques de joie en recevant au milieu d'eux un
citoyen aussi illustre! que l'assemblée vénérable des
saints se livre à l'allégresse d'un tel consort! Rani-
mez-vous, peuple fidèle, zélateurs de la foi! Rani-
mez-vous, et, de concert avec l'Eglise, chantez une
hymne de louanges! Que la joie, comme une pluie
abondante, pénètre vos entrailles, et que vos cœurs
soient remplis d'une rosée féconde de douceurs, en
voyant la grande élévation d'un prince qui était si
puissant et si bon sur la terre, et en concevant la ferme
espérance qu'après avoir vécu avec nous, maintenant
qu'il est dans le ciel, il est pour nous, auprès du Fils
de Dieu, un puissant défenseur, qui prie constamment
en sa présence pour l'avancement de notre salut.

» Quel est celui qui, possédant le don de la parole
ou de l'éloquence la plus brillante, pourrait expri-
mer d'une manière convenable les hautes prérogati-

ves de la sainteté, et l'excellence des mérites multi-pliés dont saint Louis a brillé lorsqu'il était sur la terre ! Comme plus nous écrivons plus nous avons à écrire sur ses actions, qui méritent d'être louées, nos lèvres demeurent béantes et notre langue muette. Mais, pour que l'éclat de son œuvre ne demeure point enveloppé dans les ténèbres, nous avons jugé à pro-pos d'en dire quelque chose pour le faire connaître aux peuples.

» Saint Louis, issu d'une famille très illustre, ayant une grande puissance, de grandes richesses, se fit remarquer par son amour pour la vertu.

. . . .

» Au temps heureux de son gouvernement, les pas-sions étaient apaisées de toutes parts, les crimes sou-mis, les troubles dissipés; l'aurore d'une douce tran-quillité se montra aux habitants de son royaume, et l'agréable sérénité du bonheur apparut en souriant.

. . . .

» Parce qu'il convient que les fidèles honorent sur la terre ceux que Dieu a glorifiés dans le ciel, après une enquête solennelle et un examen exact de la sain-teté et des miracles du bienheureux Louis, nous l'a-vons inscrit, par le conseil de nos frères et de tous les prélats qui sont auprès du Saint-Siége, au catalogue des saints.

» Ce dimanche, le 11 du mois d'août 1297. »

Voici les dernières paroles de ce grand roi adressées à son fils :

« Mon cher fils, aimez Dieu de tout votre cœur et de toutes vos forces, car sans cela il n'y a point de salut. Eloignez-vous de tout ce qui peut déplaire à Dieu, et principalement de tout péché mortel, résolu, plutôt que d'en commettre un seul, à souffrir tous les supplices imaginables. Si Dieu vous envoie quelque tribulation, souffrez-la doucement, rendez-lui grâces de tout, et pensez que c'est pour votre salut, et que vous l'avez peut-être bien méritée. S'il vous comble de prospérités, humiliez-vous, mon fils, défendez-vous de la vaine gloire, et ne vous servez pas, pour offenser le Seigneur, des mêmes biens que vous avez reçus de sa bonté. Allez souvent à confesse, choisissez des confesseurs sages et habiles, qui puissent vous enseigner les choses que vous avez à faire, et celles que vous avez à éviter. Gouvernez-vous avec vos confesseurs de manière qu'ils puissent vous reprendre avec hardiesse et amitié. Assistez dévotement et le plus souvent que vous pourrez à l'office de l'Eglise ; ne regardez point à droite et à gauche, ne parlez point de choses vaines ; mais priez Dieu de bouche et de cœur ; et principalement, mon cher fils, soyez attentif au moment que le prêtre consacre le corps et le sang de notre Seigneur Jésus-Christ. Ayez de la charité pour les pauvres, pour les misérables, pour les affligés, assistez-les, et les consolez suivant votre pouvoir. Si vous avez quelques afflictions, dites-les à votre confesseur, ou à quelque homme de bien, et vous vous trouverez soulagé. Tâchez d'avoir toujours auprès de vous des gens de bien, ou religieux ou séculiers ; entretenez-vous souvent avec eux, et prenez garde que les méchants, que les impies ne vous approchent. Entendez le sermon en public et en particulier, et obtenez des indulgences de la sainte Église notre mère. Aimez dans le prochain le bien et haïssez le mal. Ne souffrez point qu'on fasse devant vous aucune médisance, et si quelqu'un était assez malheureux pour blasphémer contre Dieu ou contre ses saints, faites-en une punition exemplaire. Souvenez-vous des biens que Dieu vous a faits, et lui en rendez grâces, et méritez par là d'en recevoir encore davantage. Faites justice à tous vos sujets; et jusqu'à ce que la vérité vous soit bien connue, penchez plutôt du côté du pauvre que de celui du riche. Si l'on vous dispute quelque chose, commencez par croire que vous avez tort, examinez ensuite; et par là ceux qui seront de votre conseil ne craindront point de se déclarer pour la justice, même contre vous. Si vous savez certainement que vous avez du bien d'autrui, soit par succession, soit qu'il ait été pris de votre temps, restituez au plus tôt : si la chose est douteuse, faites-vous-en informer par des gens habiles. Ayez soin que tous vos sujets vivent en paix, et principalement les ecclésiastiques et religieux. On raconte du roi Philippe notre aïeul, qu'un de ses conseillers lui ayant dit que les gens d'église usurpaient ses droits, et qu'on s'étonnait qu'il le souffrît : Je crois tout ce que vous me dites, lui répondit-il; mais quand je songe aux grâces que j'ai reçues de Dieu, j'aime mieux souffrir que de causer du scandale entre l'Église et moi. Aimez donc, mon fils, aimez les ecclésiastiques, et autant que vous le pourrez vivez en paix et en amitié avec eux. Assistez les pauvres religieux dans leurs nécessités, ce sont eux qui rendent le plus d'honneur à Dieu. Honorez vos

parents, et vous souvenez de ce qu'ils vous ont ordonné. Prenez l'avis de gens de bien et d'esprit dans
la distribution des bénéfices, et ne les donnez qu'à
des personnes capables et qui n'en aient point d'autres. Prenez garde, mon fils, de faire la guerre à des
chrétiens sans de grandes raisons; et si vous ne pou-
vez pas vous en empêcher, tâchez de faire en sorte
que les innocents n'en souffrent pas, et le plus tôt que
vous pourrez faites la paix, et vous souvenez que saint
Martin disait que faire la paix, c'était atteindre au
comble de toutes les vertus. Ayez soin d'avoir de
bons baillis, et veillez sur leur conduite. Soyez
dévot et obéissant à notre mère la sainte Eglise
romaine, et au souverain Pontife votre père spirituel.
Efforcez-vous de bannir le péché de votre royaume,
et principalement les blasphèmes et les hérésies. Souvenez-vous toujours, et rendez grâces à Dieu de
tous les biens qu'il vous a faits. Ayez soin que
les dépenses de votre maison ne soient point
trop grandes. Enfin, mon fils, je vous prie de
faire prier Dieu pour le repos de mon âme, et
d'envoyer à toutes les saintes communautés de
notre royaume demander des prières pour moi,
et je vous prie encore de me donner part dans
toutes les bonnes œuvres que vous ferez. Enfin,
mon cher fils, je vous donne toutes les bénédictions qu'un bon père peut donner à son cher
fils. Je prie la sainte Trinité et tous les Saints
de vous préserver de tout mal; que Dieu vous
fasse la grâce, mon fils, d'accomplir sa sainte
volonté, de le servir, de l'honorer, afin qu'a-
près cette vie nous puissions ensemble, mon cher
fils, le voir, le louer et l'aimer pendant tous les siècles des siècles. Ainsi soit-il. »

LOUIS ET ÉLISABETH.

Un discours si touchant nous a été conservé mot à mot par Geoffroi de Beaulieu, confesseur du roi, et l'on peut juger aisément de l'effet qu'il produisit dans l'âme de Philippe : il voulut l'avoir par écrit, afin de s'en souvenir dans tous les moments de sa vie.

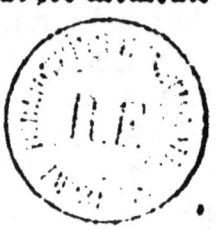

FIN.

Limoges. — Imp. E. ARDANT et Cⁱᵉ.

www.ingramcontent.com/pod-product-compliance
Lightning Source LLC
Chambersburg PA
CBHW051553280626
47162CB00022B/2033